El Amor encuentra su Destino

El Amor encuentra su Destino

MARÍA T. RAMOS

ISBN: 978-0-578-46623-1

Fotos del montaje de la portada por Pixabay.com.

Diseño y tipografía:
Héctor R. Pérez
HRP Studio

DEDICATORIA

A los muchos amores en mi vida,
mis hijos, mi esposo, mi familia y mi nieto.
El amor es ahora, 'siempre' es otra dimensión.
No sabemos lo que el mañana nos traerá,
alégrense y vivan por lo que tenemos hoy.

Les amo.

CONTENIDO

Capítulo Uno

Descalzo en el parque

*E*s primavera, a finales de mayo, principios de junio, un tiempo maravilloso del año. El cambio de la frialdad del invierno a la primavera tiene un efecto profundo. La naturaleza despierta en la primavera, es un tiempo de renovación y renacimiento. Las coloridas flores forman ramos en rojo brillante, azul, rosa, púrpura, blanco y amarillo, están floreciendo y mostrando su belleza y fragancia. Los capullos comienzan a crecer y las hojas vuelven a aparecer en los árboles. En la primavera, la ciudad es vibrante y el clima es cálido para este tiempo del año. Es un momento de dejar ir los eventos pasados, haciendo espacio para nuevas aventuras, viajes, oportunidades y desafíos. La vida pasa a renovarse a sí misma y la gente celebra el aire fresco, el calor del sol, el aire libre, y le da la bienvenida a la nueva temporada.

Jules acaba de salir de su oficina en Manhattan. Él y su abogado estaban discutiendo una demanda por daños y perjuicios que presentó hace algún tiempo. Después de dos años, el caso todavía no tiene una fecha para juicio, y él se ha vuelto impaciente y está contemplando desistir del caso. Su abogado lo convenció de lo contrario. Jules ha sufrido una pérdida considerable de dinero en inversiones de acciones, honorarios de abogados y gastos asociados. La demanda es contra una compañía de corretaje por inversiones que hicieron a través de una empresa que invirtió en acciones fraudulentas. De ganar el caso, él podría recuperar sus pérdidas y recuperar millones de dólares.

Los demandados habían hecho declaraciones falsas y engañosas tratando de aumentar el volumen de negocio y el precio de las acciones usando falsamente el nombre de varias conocidas empresas para atraer inversionistas y haciendo proyecciones altamente engañosas sobre los rendimientos de la inversión. Jules estaba molesto porque él es un experto inversionista y había confiado en un corredor con quien él había trabajado durante años y no se dio cuenta de que el corredor había invertido su dinero en una compañía desconocida para él. El corredor argumentó en la demanda que la inversión se basó en las prometedoras gráficas históricas de la compañía. El corredor autorizó el uso del nombre de la empresa de Jules para atraer a otros inversionistas sin su conocimiento ni autorización. Este caso era similar a otros casos investigados por la agencia del gobierno la Comisión de Bolsa y Valores.

Jules sale del edificio molesto y le dice a su chofer que se marche. Él solo quería caminar por el Parque Central en Nueva York para liberar algo de la tensión y la frustración que está sintiendo sobre el caso. El parque está lleno de trotadores, niños jugando pelota, patinadores, músicos, padres caminando con cochecitos de bebé y personas caminando al trabajo. Mientras camina por el parque, ve a una pareja sentada en una cobija descalzos y se recuerda de todos los años que han pasado desde la última vez que vio a Suzanne. Él comienza a pensar en todos los hermosos recuerdos que habían compartido juntos.

Su rostro se ilumina y comienza a sonreír solo mientras decide quitarse la chaqueta y doblarla encima de su maletín en un banco en el parque. Se quita los zapatos y calcetines y se pone de pie descalzo sobre la grama recordando el pasado y los días que pasó con Suzanne dando paseos en la tarde en el parque y sobre la vez que ella se cayó en el lago cerca de los botes de remos y las góndolas en el corazón del parque.

Él realmente disfrutaba de su compañía. Tan grandes recuerdos. Se estaba riendo solo, evocando momento tras momento la sonrisa de ella cuando se conocieron en un club de striptease donde ella trabajaba como stripper.

Juntos disfrutaron de los espectaculares shows en Broadway en la ciudad de Nueva York y él también recordó los viejos tiempos cuando en el yate de un amigo se mareó en el mar. Se reía solo como si alguien le estuviese haciendo cosquillas. Pensar en ella lo dejaba sin aliento; cerraba sus ojos e inhalaba y exhalaba, y su sonrisa alegraba su rostro. No se había sentido tan relajado en un largo tiempo. Por primera vez en mucho tiempo no sentía su habitual enojo por su vida vacía. La gente en el parque que pasaban cerca sonreían como si estuviesen leyendo sus pensamientos. "El que a solas se ríe de sus maldades se acuerda". Eran recuerdos que siempre apreciaría.

Su expresión facial comenzó a cambiar al recordar cuando la relación llegó a su fin. En su mente, regresó en el tiempo hasta el momento cuando Suzanne le dijo que ya no podía seguir con él y su rápido ritmo de vida. Ella quería establecerse en un lugar y él no estaba listo. Su idea de establecerse era llegar a casa, ir a una cena romántica con ella o con amigos. Él no quería nada permanente.

Ella quería tener la familia que nunca tuvo. Había dejado su hogar en búsqueda de una vida mejor porque su padre era un alcohólico y no había futuro para ella donde vivía.

Todos los viajes de Jules de ciudad a ciudad, su trabajo en la industria de las aerolíneas y sus otras empresas comerciales exigían tiempo y atención de él. Se volvió imposible para ella mantenerse al día con él; él nunca estaba en casa o, estando en casa, trabajaba hasta tarde. Cuando ella trataba de acercarse a él sobre el tema de un futuro compromiso, él la rechazaba y le decía que tenían una relación maravillosa, ¿por qué echarla a perder? Él sugirió que ella se inscribiera en una universidad local y obtuviera un título. No era una idea descabellada, ella siempre había querido volver a la escuela, pero se sintió humillada por su sugerencia. Le hizo sentir la diferencia que existía en la crianza y el historial educativo de ambos.

La industria de las aerolíneas no resultó ser lo que él esperaba. Simplemente no funcionaba para él, no porque no fuera exitoso, sino porque no era un desafío para él construir aviones. Fue genial durante unos dos años, mientras él aprendía el negocio, pero comenzó a hacerle falta la emoción de comprar y vender acciones como lo había hecho en el pasado.

Él había entrado en el negocio de manufactura de aviones porque quería dirigir un negocio a gran escala y establecerse. No sabía mucho sobre la manufactura de aviones, pero tenía el dinero necesario para invertir. Había investigado varias compañías y se interesó mucho en un fabricante líder de aviones que estaba luchando financieramente. Él se había reunido con el Director Ejecutivo de la compañía y habían discutido sobre la compañía, contratos, activos, inventario, empleo, salarios y los sindicatos antes de que él decidiera invertir. La compañía había construido modernos y eficientes aeronaves. Tenían el diseño y la producción de componentes individuales y contaban con principales aerolíneas que compraban sus productos.

La compañía se había retrasado en los pagos al IRS y estaba en el proceso de embargo cuando Jules finalmente decidió invertir y sacarlos a flote de su crisis financiera.

Después de aproximadamente un año, se dio cuenta de que estaba demasiado involucrado en la administración de la empresa. Comenzó a resentir el acuerdo contractual que había hecho. La industria crecía en grandes proporciones, tenían todos los contratos con las aerolíneas. El negocio estaba en auge y estaban construyendo muchos aviones para la Fuerza Aérea y la Marina y también estaban negociando contratos privados.

El negocio fue emocionante por un tiempo; le encantaban todas las negociaciones y hacer tratos, pero después de un tiempo fue más de lo mismo. La insatisfacción de Jules y la frustración creció y era notable el descontento en su semblante para sus colegas y especialmente para Suzanne. Fue un cambio drástico para él y, por mucho que lo intentó, le era imposible digerir los cambios que había hecho pensado en un futuro con Suzanne.

Una tarde, Suzanne llamó y se reunió con Bryan, el socio de Jules, para almorzar. Ella estaba preocupada y curiosa por saber si Jules estaba deprimido en el trabajo. Le preguntó a Bryan su opinión y él le dijo que ellos habían discutido mucho en el trabajo, que era muy difícil trabajar con él y que él mismo estaba a punto de dejar la compañía. Había recibido una oferta de trabajo de un competidor y estaba considerando la oferta, pero sus colegas no lo permitían, porque él conocía el negocio mejor que nadie más en la industria.

Suzanne le dijo que era muy difícil la relación entre ellos en casa. Jules se había distanciado y parecía frío y reservado en la relación. Era extremadamente doloroso para ella, y simplemente quería entender lo que estaba pasando en el trabajo con él. Tenía sentimientos encontrados y no sabía si él estaba estresado debido a ella o a la presión en el trabajo, y no quería complicar la relación más de lo que ya estaba.

Se disculpó con Bryan por haberle pedido reunirse con él, pero ella estaba desesperada porque realmente amaba a Jules y quería que la relación funcionara entre ellos.

Suzanne había puesto su brazo sobre la mesa y Bryan puso su mano sobre la de ella tratando de consolarla. Fue un gesto muy inocente y amigable de su parte. En ese preciso momento, Jules caminó hacia ellos y vio la mano de Bryan en la de Suzanne. Ambos retiraron sus manos y lo miraron sorprendidos. Jules preguntó si era una reunión privada porque no fue invitado a almorzar. Suzanne lo miró y dijo: "Jules, siéntate y acompáñanos a almorzar. Solo le estaba preguntando a Bryan información sobre las universidades locales y a cuál me recomendaba que asistiera".

Jules le preguntó: "¿Bueno, y cuál de ellas recomendó?", ignorando a Bryan.

Ella respondió: "No hemos discutido eso todavía, era una sorpresa que tenía para ti".

Jules dijo: "¿Una sorpresa para mí?", y preguntó si había otras sorpresas de las cuales él no sabía nada.

Suzanne ignoró su comentario y Bryan comenzó a levantarse para irse, pero Suzanne dijo: "Por favor, no te vayas, quédate a almorzar. Ya el almuerzo ha sido ordenado".

Jules estaba extremadamente celoso y desconfiado y no trató de esconder sus sentimientos. No era la primera vez que Bryan y Suzanne hablaban solos. Recordó el momento en una actividad de la compañía cuando la vio hablando con Bryan. Suzanne intentó arreglar la situación, pero ya se había tornado tensa. Jules se quedó para almorzar y Bryan le dijo a Suzanne que de todas las universidades de la ciudad, solo podía recomendar dos que tenían un excelente plan de estudios en finanzas.

Jules le preguntó a Suzanne por qué quería estudiar finanzas, y ella explicó que quería aprender más sobre su línea de trabajo y sobre inversiones. Jules le dijo a Suzanne —sarcásticamente— que él podría enseñarle y así ella lo aprendería del mejor. Suzanne sabía que Jules quería que ella estudiara para poder tener un nivel de educación que le permitiría participar en actividades con otras mujeres que eran miembros de clubes cívicos femeninos y organizaciones filantrópicas. Él sabía que la mayoría de las mujeres eran profesionales y sabía lo engreídas, arrogantes y superiores que podían ser, a diferencia de Suzanne, que era cariñosa, compasiva, desinteresada y amable. Él recordó que Suzanne estaba llorando en casa una noche porque una de ellas le dijo algo humillante, y nunca le dijo a él lo que fue.

Suzanne tomó el consejo de Bryan y visitó ambas universidades antes de tomar la decisión de llenar la solicitud de admisión. Ella siempre lo había pospuesto, preguntándose si ella tendría la capacidad para asistir a la universidad y obtener un título en finanzas.

Parecía increíble e inalcanzable para alguien con su educación. Ella había asistido a la escuela secundaria cuando era adolescente, pero nunca le gustó, y se fugaba de la escuela todos los días. Tuvo la suerte de haber terminado cuando lo hizo porque, poco después, se fue de la casa. Se dio a sí misma una oportunidad de obtener un diploma de escuela secundaria porque no quería continuar perdiendo su vida como sus amigos, sin ninguna ambición o dirección.

En su ciudad natal la educación era de lo peor, a los maestros no les importaba y la Junta de Educación contrataba a los peores docentes de su distrito. Ellos daban notas que permitían a los estudiantes aprobar solo por aparecer a la puerta de entrada y tomar un examen, lo cual ella hizo. A diferencia de sus amigas, leía las notas de clases de sus compañeros y aprobaba sus exámenes. Bueno, al menos ella tenía un diploma de escuela secundaria que le permitiría obtener un trabajo decente una vez que se mudara de la casa de sus padres. Ciertamente no era un hogar.

Ella se sentía incómoda en solicitar admisión a la universidad porque no sabía cómo sentarse a estudiar y concentrarse, porque ella nunca aprendió cómo. Ella no conocía a nadie de su edad que asistiera a la universidad y se sentía como un completo fracaso. No quería pensar, ni contemplar la idea de su vergüenza ante Jules si llegara a fracasar.

Suzanne se obligaba dejar de pensar en la escuela y dedicaba su atención a la hermosa casa de campo de diez habitaciones donde vivía con Jules. Era una hermosa casa victoriana de dos pisos. Tenía tres salas de estar grandes con chimeneas y centros de entretenimiento integrados. La cocina estaba cerca y tenía acceso al comedor, que tenía una mesa bastante larga con veinte sillas. Suzanne nunca pudo imaginar cómo sería entretener a tanta gente. Una de las salas de estar estaba conectada a la gran sala, que era más grande que las tres salas de estar juntas. Él y Suzanne siempre se sentaban en la misma esquina de la sala. Era su lugar favorito. Cada uno de los otros lugares parecía demasiado impersonal.

En el segundo piso había un dormitorio principal, un baño con un precioso jacuzzi y un gigantesco vestidor. Las otras tres habitaciones tenían amplio espacio en el vestidor.

La casa había sido construida por un arquitecto para su familia y cuando sus hijos crecieron y vivían en sus propios hogares, él y su esposa decidieron buscar un pequeño apartamento para ellos. La casa tenía un hermoso balcón delantero extendido y un establo donde tenían caballos que Suzanne amó desde el momento que los vio. Era la casa de sus sueños, y le encantaba vivir allí. Nada en su vida la había preparado para ser tan feliz.

Jules sabía que ella estaba locamente enamorada de la casa y recordó la vez que ella entró a varias tiendas de antigüedades en busca de algo especial para colgar en el balcón. Después de un tiempo ella encontró y compró una placa perfecta que decía "Hogar dulce hogar", y ciertamente lo era.

Jules sabía que cuando niña ella vivió en un pequeño pueblo y se acostumbró al campo, aun después de vivir en la ciudad por un tiempo. Ella disfrutaba cabalgando con él y siempre se aseguró de levantarse temprano para desayunar con él.

Después de estar en la casa día tras día, decorando, redecorando y organizando las mismas cosas una y otra vez, Suzanne se dio cuenta de que necesitaba algo más que jugar el rol de "ama de casa". Ella quería hacer más y participar en actividades cívicas locales. Suzanne se puso en contacto con una señora que había conocido en una de las muchas cenas que ella y Jules habían asistido. Le preguntó sobre las actividades locales y clubes a los que ella podría unirse. La señora la invitó a un almuerzo al día siguiente con algunas amigas que se estaban reuniendo para trabajar como voluntarias en la recaudación de fondos en beneficio de pacientes con cáncer en un hospital local. En la reunión se presentaron ideas como conciertos, torneos de golf y almuerzos o cenas para recaudar fondos. Suzanne estaba muy emocionada de participar en cada evento y convenció a Jules de tener una cena para recaudar fondos en su casa.

Suzanne era muy activa y participaba como voluntaria en cada actividad. Su participación en los eventos la ayudó a conocer más personas y a sentir que ella era parte de algo importante. Se convenció a sí misma de que era una idea maravillosa y quería hacer más. Semanalmente visitaba pacientes en el hospital y les leía libros a los niños pequeños. Su motivación la inspiraba y ella buscaba realizarse como mujer y profesional.

Quería hacer más. No podía detenerse, estaba decidida a tener éxito. Quería sentir que no había fronteras, obstáculos ni desafíos que ella no pudiera superar.

Jules realmente la había inspirado a creer en sí misma. Ella hubiera estado dispuesta a vivir solo por su amor, pero Jules no estaba listo para comprometerse e insistía en su expectativa de que ella obtuviera un título universitario. Cuanto más pensaba ella sobre ir a la universidad, más sentía que interferiría con su vida y su trabajo como voluntaria.

Se veía a sí misma cumpliendo sus sueños con Jules a su lado y ayudando a otros. Ella ya no podía vivir una vida sencilla en casa después de los logros que había hecho al recaudar miles de dólares para una buena causa.

Jules y sus colegas comentaban sobre la forma en que Suzanne obtenía fondos para la causa. Jules les decía: "Bueno, ya saben lo que dicen sobre las chicas de la ciudad, "puedes sacar a la chica de la ciudad, pero nunca se puede sacar a la ciudad de la chica". ¡Lo que él realmente quería decir es que en la profesión de Suzanne como stripper tenía poder!

Ella convencía para una donación a cualquiera con quien ella hablara. Tenía una habilidad natural para persuadir a las personas a pensar de la manera que ella quería que ellos pensaran, y ella estaba en control.

Su contabilidad era impecable, mantenía registros sobre todas las donaciones recibidas y recibos de gastos. Mantenía un registro del uso del dinero que era donado. Una de las ideas que ella aportó y fueron implementadas por el comité fue el hacer las compras de los equipos y productos hospitalarios, camas y pagar los servicios en lugar de donar dinero. Ella quería saber exactamente dónde se gastaba cada centavo. Esta idea, y el hecho de que ella no cobrara por sus servicios fue lo que atrajo a los donantes, y ella usó esta estrategia a su favor.

Suzanne no cesaba de sorprender a Jules. Él era un tipo con suerte, ella era inteligente e ingeniosa y lo llamaba cada vez que recibía una donación. Cuando ella solicitaba donaciones de los colegas y amistades de Jules, todos daban generosamente. Después de todo, nadie quería que se dijera que era un tacaño y que no estaba cooperando con su causa.

Todas las noches, Suzanne le pedía consejo a Jules sobre el manejo de las donaciones y quería saber qué decir durante las reuniones semanales del comité.

En casa, con el paso del tiempo, Jules comenzó a distanciarse. Suzanne comenzó a dedicarle más tiempo a él y a hablar menos sobre su propio trabajo. Comenzó a trabajar menos y a pasar más tiempo en casa, asegurándose de llegar a casa antes de que él llegara. Una tarde, cuando Jules llegó, parecía más indiferente y distante de lo habitual. Su frialdad la asustó y temió haberlo perdido. Ella había intentado todo lo imaginable para hacer que la relación funcionara hasta el punto de sacrificar el tiempo que ella dedicaba a su trabajo voluntario. De repente se dio cuenta de que esta era la señal de que ella debía hacer algo antes de que empeorara la relación. Ella siempre imaginó que ella y Jules continuarían como pareja disfrutando la vida, pero con el comportamiento de él, ella ya no podía visualizarlo con ella. Suzanne sintió que él anhelaba la vida que tenía antes de ambos conocerse. Ella sabía que él la amaba, pero sus mundos estaban tan separados, tan diferentes, aunque vivían en la misma casa; su educación y la educación de ella fueron diferentes. A menudo en las cenas con colegas y amistades cuando Suzanne asistía, ella se quedaba callada toda la noche y no participaba en la conversación por miedo a decir o preguntar algo inapropiado que avergonzaría a ambos. Ella ya había aprendido por experiencia.

Una noche, una mujer excesivamente habladora le dijo: "Cariño, ¿te comió el gato la lengua? ¿Por qué no has dicho una palabra en toda la noche; Jules no te deja que hables en público?", y comenzó a reírse. Suzanne estaba tan avergonzada y respondió: "En realidad, soy bastante habladora, pero hoy tú has tomado la iniciativa por todos, incluso Jules no ha tenido la oportunidad de decir mucho. Pero, por favor, no te detengas, creo que todos disfrutan de tu ruidosa risa, tu embriaguez y tus babosadas. ¿No estás de acuerdo, Jules?".

Jules la miró y dijo: "Lo que quiere decir es que has hecho muy buenas interpretaciones y todos estamos cautivados", y mirando a Suzanne dijo: "¿Verdad, querida?".

"Sí, por supuesto", respondió ella. Suzanne no hablaba mucho porque se sentía cohibida por las limitaciones en su formación académica y le preocupaba y asustaba ser reconocida por alguien que supiera de su vida pasada como stripper. Fue también difícil para ella cuando participaba en las recaudaciones, siempre temiendo que alguien la reconociera. No era como si su pasado hubiera sucedido hace mucho tiempo; era bastante reciente. Ella siempre trataba de tener una sonrisa maravillosa, pero los pensamientos de su pasado seguían presentes y distrayendo su mente.

Ella quería mantenerse al día con las expectativas que Jules tenía de ella, pero estaba cautelosa. A ella le gustaba tenerlo a su lado. El amor de él le daba tanta satisfacción, seguridad y paz.

En el fondo, detrás de las sonrisas y el amor que ella sentía por él, se dio cuenta de que no estaba cumpliendo con las expectativas que quería de sí misma.

Suzanne finalmente admitió que ambos se estaban desmoronando y que había circunstancias en la vida de él que los hacían miserables a ambos. No había sido una decisión bien pensada de ellos el mudarse juntos, y la tensión se estaba intensificando continuamente entre ellos.

Ambos seguían aferrándose el uno al otro, no queriendo aceptar lo que ambos sabían era inevitable. Ambos se daban cuenta de que tenían que tomar caminos separados. Él no sabía cómo separarse de ella. Suzanne no era una de sus relaciones casuales habituales donde se separaba y seguía hacia adelante. Él no estaba desconectado emocionalmente de Suzanne, como lo estuvo con otras mujeres.

Jules sabía que su relación con Suzanne era diferente, ella no era como las otras mujeres en su vida, interesadas en los bienes terrenales que él podía ofrecerles.

Ella estaba interesada en él, no en lo que él podía darle. Su vida con Suzanne estaba llena de sorpresas, había mucho más involucrado en la relación. Ellos disfrutaban de su compañía mutua y se reían juntos y se leían la mente simplemente mirándose el uno al otro. Ella tenía un maravilloso sentido del humor que complementaba un lado de él que solo ella podía sacar. Ella sabía lo que Jules quería en sus momentos íntimos. Ella lo complacía en todas las formas posibles; con solo tocarlo era suficiente para él recostarse y dejar que Suzanne jugara con él. Ella lo dejaba enloquecer hasta que su deseo por ella lo llevaba a abrazarla desesperadamente y tocarle sus senos y suavemente acariciarla entre sus piernas hacia arriba y hacia abajo, sintiendo y tocando todo su cuerpo y halándola hacia él hasta que ambos alcanzaran ese momento final a la altura del tope de una montaña donde se habían unido como uno. Ellos disfrutaban el placer de su intimidad y se disfrutaban tanto que nunca podían obtener lo suficiente el uno del otro. Cuando él cerraba sus ojos y pensaba en ella, podía sentirse dentro de su cuerpo.

Aparte de su deseo por el otro, de amarse mutuamente y de llenar sus vidas entre ellos con alegría y risa, la falta de compromiso de él en lo que ella consideraba una relación estable y sólida los separaba y arruinaba su relación. La pregunta sin hacerse y sin contestar entre ellos era, ¿cómo te separas y te desconectas de esa persona a quien amas sin sentir que tu mundo se está desmoronando, que tu corazón está triste y que el dolor es demasiado grande para soportarlo?

Suzanne sabía que él había cumplido todos sus sueños, que había llenado su vida con tanto amor, abundancia y seguridad, pero ella quería más. No era por egoísmo, sino por una sensación de sentirse completa. Ella se preguntaba a sí misma si estaba siendo egoísta al tener tanto y aún sentir que quería más. La respuesta era fácil; no eran las posesiones que él le podía dar, sino lo que él pudiera dar de sí mismo —su corazón, su compromiso, darse él mismo.

El brillo en los ojos de ambos había disminuido, no por falta de amor. Ella quería algo que él no podía darle y no podía conformarse con lo que él estaba dispuesto a dar. Simplemente no podían continuar viviendo bajo una falsa apariencia de lo que cada uno esperaba del otro, sin destrozar la vida del otro. Era más difícil permanecer juntos que separarse.

En la casa la tensión se sentía fuertemente, eran buenos el uno para el otro, pero, se estaban haciendo creer que no había nada malo, hasta que su relación se hizo insoportable.

Suzanne sentía su inquietud y distancia, aunque Jules hacía un esfuerzo para continuar la relación, pero incluso su intimidad se había vuelto tensa.

Suzanne finalmente decidió irse. Tenía su maleta en la puerta cuando él llegó a casa. Su intención era marcharse sin decir un doloroso adiós, pero él llegó temprano ese día.

Él había sentido un aplastante dolor en el pecho, como si su corazón supiera que ella se iría y no había nada para salvarlos y mantenerlos juntos. En absoluto silencio simplemente se miraron y se despidieron con una sonrisa. Él la besó en la frente, cerró sus ojos, le tomó una mano y mientras ella caminaba aún sosteniendo su mano, sus dedos se tocaban y finalmente se dejaron ir y ella cerró la puerta tras de sí.

Mientras Suzanne se alejaba, Jules comenzó a abrir la puerta, pero titubeó.

Suzanne giró su cabeza emocionada cuando escuchó el clic de la cerradura, pensando que él la abriría y le pediría que no se fuera, pero no lo hizo, y ella se fue envuelta en llanto.

Jules no se dio cuenta de cuánto la amaba hasta que ella se fue y pasó días sin ella. Simplemente se sentaba en silencio en el sofá con un trago en mano, ojos llorosos y mirando al vaso de cristal como si hubiera algo mágico en su propio reflejo que la devolvería. Cuando ella se fue su corazón se hundió. Finalmente se dio cuenta de que la iba a perder y que la amaba como a ninguna otra mujer; le había robado su corazón. Pero, él dudaba y sabía que no estaba listo para darle a Suzanne lo que ella quería y se convenció de que era una buena decisión.

Los días que siguieron fueron difíciles para él. La extrañaba mucho y se sentía como si todo el aire hubiera desaparecido y él se estuviera asfixiando y jadeando por aire. Se dio cuenta de que ella era su línea de vida y que no podía respirar sin ella. Estaba tan devastado. No se había dado cuenta de lo mucho que dependía de su relación con Suzanne.

Su presencia lo hacía sentirse vivo.

Con el paso del tiempo, los días se fueron convirtiendo en semanas, meses y años. Él todavía la recordaba y sabía que fue su culpa que la relación no continuara, porque él no se quiso comprometer y llevar la relación a otro nivel.

CAPÍTULO DOS

HISTORIAS DE VIDA - TRES MUJERES

*S*uzanne tuvo una educación muy pobre y tenía pésimos modales. Era una marimacho cuando niña, y mientras crecía siempre hizo terribles selecciones con respecto a los hombres. Su mamá y su papá no tuvieron una buena educación. Él era un mecánico de automóviles que aprendió el oficio de su papá. Su madre aprendió a coser y ganaba algo de dinero cosiendo. Ella era muy buena en su trabajo y hacía sus propios patrones y ropa.

También recibía ayuda económica del gobierno para ella y sus hijos. El ambiente hogareño era pacífico cuando su padre no estaba en casa, porque él estaba borracho todo el tiempo. Nunca informaron los ingresos de él al gobierno, o que él vivía con ellos, porque se bebía todo su dinero cuando le pagaban. Suzanne y su madre siempre terminaban manteniéndolo. Él nunca fue capaz de mantener a su familia.

Las escuelas en el área no ofrecían una buena educación para los estudiantes. Parecía que querían mantener a los niños ignorantes y sin inteligencia suficiente como para ir a la universidad. La gente en general no tenía ningún objetivo en la vida excepto casarse y tener hijos. No había nadie a quien admirar como mentor, ni había más aspiraciones que trabajar en un negocio local en la ciudad. A Suzanne no le gustaba la idea de ser costurera como su mamá; ella prefería trabajar como mesera o cantinera en uno de los bares locales.

Pronto aprendió que si quería madurar y hacer algo importante, tenía que salir del pueblo definitivamente. Finalmente tomó la gran decisión y se fue de casa para encontrar una vida mejor y una buena educación. Ella no tenía experiencia de trabajo, a excepción de la experiencia en el bar.

Vino a parar en Los Ángeles, que se veía tan glamorosa en las películas y revistas. Cuando llegó, encontró un apartamento barato y un trabajo temporero en un bar. Ahí fue donde conoció a Layla y Andrea, e inmediatamente se hicieron amigas y compañeras de cuarto.

Las tres tuvieron una crianza similar. Andrea se escapó de una casa que difícilmente podría llamarse hogar. Su madre era una enfermera que trabajaba largas horas para evitar a su abusivo esposo alcohólico. Andrea era la mayor y cuidaba de sus hermanos menores hasta que su padre la golpeó y se fue de la casa a vivir a la casa de su tía.

Su tía era doctora y le hablaba sobre su profesión en el hospital y animó a Andrea a que estudiara medicina. Sus sueños de alguna vez convertirse en doctora se hicieron añicos cuando el esposo de su tía se enamoró de ella. Se hizo cada vez más difícil vivir en la casa con ellos porque él la molestaba constantemente cuando su tía no estaba en casa.

Regresó entonces a su casa para ayudar a su madre, porque para entonces su padre se había enfermado y no había quien cuidara a sus hermanos y a su padre mientras su mamá estaba trabajando.

Andrea se matriculó entonces en la escuela para obtener su diploma de escuela secundaria y pudo solicitar admisión en la universidad local. Ella y su madre habían logrado trabajar con diferentes horarios para poder cuidar a los niños.

Su madre estaba muy agradecida por sus esfuerzos y la ayudó a tener tiempo suficiente para sus estudios y, como resultado, Andrea obtuvo una beca y fue a otra universidad con un programa de pre-médica. Su madre la ayudó económicamente tanto como pudo, pero los gastos de vivienda eran más de lo que su madre podía pagar y Andrea tuvo que empezar a trabajar como mesera. Las propinas eran buenas, y el horario de trabajo era flexible y no entraba en conflicto con su horario escolar. Así pudo pagarse su alquiler y demás gastos, y enviarle un cheque casi todas las semanas a su mama para ayudarla.

Cuando ella comenzó a trabajar, conoció a Layla y más tarde a Suzanne. Se hicieron amigas y pronto encontraron un apartamento que las tres podían compartir, y se convirtieron en familia.

La madre de Layla era muy cariñosa, tenía tres hijos de padres diferentes y todos los padres le proporcionaban pensión alimentaria. De vez en cuando un nuevo "tío" los visitaba y dejaba algo de dinero. Layla creció pensando que era bueno tener tantos tíos, hasta que fue lo suficientemente mayor como para entender que no eran tíos, sino clientes de su mamá.

La madre de Layla era hermosa y finalmente conoció a un hombre que quería casarse con ella y ser un padre para Layla y sus hermanos. No fue fácil para Layla tener a alguien permanentemente viviendo en la casa y dándole órdenes como si fuera su verdadero padre. Él era muy estricto y ella tenía que cocinar y limpiar más de lo normal mientras su madre estaba sentada todo el día actuando como si ella fuera una reina y sus hijos fueran sus súbditos.

Layla sintió que era la Cenicienta —en cuanto a la parte en la que vestía de harapos, pero no necesariamente en la que se convertía en una princesa rica. Se cansó de ser la sirvienta recogiendo todo, cuidando de los niños, limpiando y cocinando. Un día se fue de la casa y prometió nunca regresar. Se montó entonces en un autobús, dejó el pueblo, y se fue tan lejos como pudo llegar con el dinero que tenía para un viaje en autobús a donde fuese. Cuál fuera el destino final tenía poca importancia, solo quería irse y ser libre. Había tomado el primer autobús disponible sin importarle si la llevaba a San Francisco, Fargo, Oakland o a Los Ángeles.

Cuando bajó del autobús en la última parada, se encontró en Los Ángeles. Se había quedado dormida de tanto llorar durante su viaje.

Fue difícil dejar su casa porque, a pesar de que estaba cansada y estaba desesperada por irse, había dejado atrás a su madre, a quien amaba, y a sus hermanos. Era difícil para ella pensar cómo sería su vida estando sin ellos, y cómo serían las vidas de ellos sin ella. Estaban tan acostumbrados a tenerla cerca, y de noche se acurrucaban a dormir con ella. Layla sabía que la extrañarían terriblemente, pero ella simplemente estaba demasiado cansada y harta de ser la hermana mayor, y de que su madre no asumiera sus responsabilidades como tal, dependiendo siempre de ella.

Una vez en Los Ángeles tuvo que alquilar una habitación bien barata y encontrar un trabajo rápidamente para mantenerse a sí misma. Después de buscar interminablemente, logró conseguir un trabajo en un club de striptease. No había otros trabajos disponibles, pero afortunadamente aquí fue donde conoció a Andrea, y luego a Suzanne.

Las tres se hicieron amigas al instante, todas tenían historias de vida similares. Todas habían dejado sus hogares con problemas en pueblos pequeños para encontrar un futuro mejor para ellas, y todas tenían una buena madre amorosa que se había preocupado por ellas, y las echaban de menos terriblemente.

Las tres estaban muy unidas una con la otra. Había un vínculo de hermanas entre ellas. A Layla le gustaba dormir con muchos hombres como había aprendido de su madre. Tenía muchos amigos varones que proveían para ella. Suzanne y Andrea trataban de razonar con ella, pero ella no les permitía interferir en su vida personal, hasta que un día Layla salió con un hombre que la golpeó tan severamente que estuvo en el hospital por varios días.

Esto finalmente la hizo decidir que no quería tener más relaciones con hombres. ¡Ya estaba decidida!

Layla decidió regresar a la escuela después de que Andrea la convenció de seguir una carrera en enfermería. Andrea la llevó al hospital en una visita para conocer a algunos de sus pacientes y el personal del hospital. Después de pasar tiempo con Andrea y ver a todos los pacientes que estaban enfermos en el hospital, se sintió culpable por quejarse de su vida. Sus problemas parecieron entonces tan pequeños en comparación con el dolor que vio en los ojos de pacientes con enfermedades incurables. Había adultos de todas las edades, niños, y los medicamentos no siempre aliviaban su dolor.

Ella decidió que esta era la carrera que ella quería seguir, por primera vez en su vida sintió que podría ayudar a la gente sin sentirse como en casa, donde se le ordenaba trabajar. Layla quería dedicar su vida a servir a los demás. Se sintió renovada y viva, mejor de lo que alguna vez se había sentido, incluso de pequeña. Por primera vez en su vida pudo tomar decisiones sin que nadie le dictara a ella lo que tenía que hacer. Andrea la había ayudado a encontrarse a sí misma y a establecer metas significativas para su futuro. Layla tenía una nueva dirección en la vida, ya no estaba guiada por la vida que había conocido y aprendido de su madre.

Se dio cuenta de que podía vivir de forma independiente y no depender de alguien para su supervivencia. Ella era responsable de sus propias decisiones, independiente y autosuficiente. Layla tenía un nuevo norte y estaba ansiosa por comenzar su nueva vida. Era como si hubiera estado hipnotizada y hubiera vivido una ilusión toda su vida basada en una educación errónea por parte de su madre. Sabía que su madre estaba influenciada a su vez por su propia madre y que ella simplemente no tuvo el coraje de irse del pueblo como Layla lo había hecho.

Durante este tiempo ella había conocido a Suzanne, que era nueva en el pueblo. Ella también debió haber tomado un autobús a cualquier ciudad y se encontró buscando un lugar para dormir y trabajar. Ella también encontró un trabajo en un bar que contrataba bailarinas y meseras. Empezó como mesera y se dio cuenta de cuánto más dinero podía ganar como stripper. Suzanne odiaba ser stripper y tener hombres comiéndosela con los ojos, aunque ella admitía tener un gran cuerpo, piernas delgadas, largas y muy hermosas. Las propinas eran muy buenas y pronto ella podría conseguir un lindo apartamento con Layla y Andrea.

Layla le compartió su secreto de cómo encontrar hombres casados elegibles dispuestos a gastar su dinero con mujeres saludables en lugar de dormir por ahí. Layla le dijo que buscara hombres que pudieran ser regulares. Esto eventualmente resultaría en no tener que continuar trabajando en bares como stripper o como mesera. A Suzanne no le gustó la idea y no sabía qué era peor, si dormir con distintos hombres o ser una stripper. Esto no era lo que ella esperaba cuando dejó su casa. Ella estaba considerando seriamente volver a casa con su familia. Estaba entre la espada y la pared.

Decidió continuar buscando un trabajo que no requiriera dormir con alguien o desnudarse. La mayoría de los trabajos que encontró eran como mucama, cajera o en una cadena de comida rápida. Así hubiera tenido que conseguir tres empleos, trabajar tres turnos, y trabajar 12 horas al día y fines de semana para poder mantenerse.

Suzanne era una mujer atractiva, no refinada o elegante, pero tenía una forma de sonreír con los ojos que le alegraba el día a cualquiera. Era callada —no comunicativa— lo cual era atractivo para los hombres. Conoció entonces varios hombres que le parecían lo suficientemente amigables como para convertirse en clientes regulares. Mantuvo una relación regular con tres de ellos, y con lo que recibía de ellos, su trabajo como mesera, y ocasionalmente de stripper cuando una de sus compañeras de trabajo no se presentaba a trabajar o llamaba para reportarse enferma, pudo pagar su apartamento, sus gastos y ahorrar para ir a la universidad. Quería estudiar, pero no estaba segura de qué cursos debería tomar, ella todavía era joven y no quería realmente ser estudiante de tiempo completo. Ella vivía día tras día, sin saber qué dirección tomar. Su educación no le proporcionó la estabilidad que necesitaba para tomar decisiones sobre el presente o el futuro. El tratar de analizar qué estudiar era una tarea difícil para ella.

Suzanne no estaba buscando conocer a alguien que se ocupara de ella y hacer un compromiso para casarse con ella y vivir felices para siempre. Ella sabía que eso era para soñadores, y aunque le gustaba soñar despierta, ella siempre se vio a sí misma como una mujer trabajadora en una gran corporación tomando grandes decisiones. Suzanne no pensaba en alguien solo para que la hiciera feliz; si por casualidad conociera a alguien sería para ambos complementarse.

Su inestabilidad, falta de confianza en sí misma y su inseguridad no le proporcionaron las herramientas necesarias que necesitaba para tomar decisiones acertadas y permitirle llegar a ser una mujer independiente, emprendedora y motivada.

Su continua dependencia de ser apoyada por otros solo la mantuvo dando vueltas en círculos sin una salida que le brindara la oportunidad de una mejor vida. Ella estaba atrapada en la rutina, y ni Layla ni Andrea podían convencerla de lo contrario.

Capítulo Tres

Recuerdos de tiempos pasados

Un pequeño niño patea una bola de playa roja, blanca, amarilla y azul en dirección a Jules y lo **despierta** de su soñar despierto con el pasado. Tal pareciera como si la partida de Suzanne hubiese sido reciente, pero el tiempo había pasado; ella lo había dejado hace mucho, mucho tiempo. Mientras él permanecía sentado, se escucha a la distancia una canción de la banda Chicago:

Saturday in the Park
I think it was the Fourth of July
People dancing, people laughing
A man selling ice cream
Singing Italian songs
'Eh cumpari, ci vo sunari'...

Jules sonrió mientras se ponía de pie y comenzó a caminar hacia la acera para tomar un taxi. Saliendo del parque, ve a corta distancia un elegante café llamado "Rush Hour". El nombre del café llamó su atención porque él siempre estaba con prisa. El restaurante estaba entre dos edificios altos y decidió entrar. Es media mañana, y cuando entra recoge el periódico del mostrador y la mesera lo acompaña a una pequeña mesa con dos sillas cerca de una ventana, lejos del sol de la mañana.

Desde el exterior el café parecía bastante pequeño, pero sorprendentemente, por dentro era grande, con unas 20 mesas con lámparas de techo de vidrio estilo tiffany, decorada con diseños coloridos de uvas, manzanas, peras y frutas. Las lámparas lucían muy elegantes y coloridas, y colgaban sobre las mesas con luces atenuadas. Las mesas estaban cubiertas de manteles con cuadros en rojo y blanco y las sillas eran de madera oscura con cojines de cuero color rojo.

Una mujer joven de unos 25 años camina hacia él para tomar su orden. Él la mira brevemente y pide café y rosquillas. Cuando ella llega y sirve su orden, lo mira fijamente, pero él sigue bebiendo su café y leyendo el periódico sin percibir su mirada.

El restaurante no estaba muy lleno y era agradable, tranquilo y relajante en comparación a las bulliciosas y atestadas calles de la ciudad. Era tan silencioso que no se podía escuchar nada del ruido en las calles. Ocasionalmente el ruido de afuera se filtraba cuando alguien entraba al café o se marchaba. Era como si las ventanas y las paredes fueran a prueba de ruido.

Mientras leía el periódico y bebía su café, Jules escucha lo que parecen ser voces muy familiares. Había dos mujeres de su edad hablando en francés y estaban acompañadas por dos chicas más jóvenes. Las mujeres estaban sentadas en una mesa al frente de la de él. La primera tenía unos cincuenta años. Iba vestida con pantalones negros y sandalias beige. Su cabello rubio estaba suelto y despeinado. Parecía que se había levantado tarde de su cama y corrió al café para encontrarse con sus amigas. La otra estaba muy bien vestida. Era muy delgada, llevaba un hermoso vestido de color crema con tacones altos. Tenía el pelo corto y negro, y tenía un gran anillo de diamantes en su dedo y un reloj de pulsera muy caro. Las dos chicas jóvenes la llamaban "mami". Tenían unos 20 años y parecían gemelas. Estaban vestidas con mahones, blusas y bolsos de moda, y la mesera que había tomado su orden estaba sentada en la mesa con ellas. Estaban desayunando, y se reían y hablaban como si fuesen muy buenas amigas o familia.

La voz de una de las mujeres le parecía tan familiar, pero Jules simplemente no podía recordar dónde la había conocido. Mientras él continuaba leyendo el periódico, ella de repente se rió en voz alta, dijo algo en francés y él levantó la vista para verla. Inmediatamente recordó dónde la había conocido; no podía creer que fuera ella, pero no podía recordar su nombre. Ella era mayor ahora y Jules tuvo un flashback al tiempo en que la había conocido. Ella era la amiga de Suzanne. Él pensó que era imposible, esta mujer era muy diferente, muy sofisticada y elegante. No era posible que fuera ella.

Ella continuó hablando en español y trató de controlar su fuerte y peculiar risa. Jules tardó unos minutos en reaccionar, pero no había duda. Era Layla, finalmente recordó su nombre. No pudo resistir la tentación y caminó hasta la mesa donde ellas estaban sentadas y preguntó: "Disculpen, esto puede parecer una frase común, pero, ¿nos hemos visto antes?, ¿nos conocemos?; me parece conocida".

Cuando levantaron la vista y lo vieron, sus ojos se abrieron de par en par; lo reconocieron de inmediato. Era Jules. Ambas parecían sorprendidas y la mujer con cabello rubio sonrió y estaba a punto de decirle algo a él, pero la otra mujer puso su mano sobre la mano de ella y fingió que no lo conocía, y le dijo en francés que se había equivocado de persona. Él se disculpó y estaba confundido e inseguro si de hecho era ella después de lo que acababa de pasar cuando ella puso su mano sobre la de su amiga.

Mientras caminaba de regreso a su mesa, la mesera lo siguió y le preguntó si le gustaría pedir algo más y le ofreció más café. Cuando él levantó su mirada para verla, ambos se miraron a los ojos. Había una cierta familiaridad en sus ojos. Él estaba contemplando lo hermosa que ella era, alta y delgada. Sus ojos eran profundos y penetrantes, como eran los de él. Parecía que ella estaba a punto de revelar un secreto y abrió la boca para decir una palabra, pero de repente dudó. Lo miró fijamente a él y después de unos minutos de mirar cada detalle en su rostro, se disculpó y dijo: "Ahora soy yo la que cree que nos hemos visto antes".

Ella siguió mirándolo con incredulidad y sonrió. No fue incómodo para ninguno de ellos, porque había algo tan especial en ella, y ella se le parecía a alguien que él conocía. Lo que él no sabía era que ella sí sabía quién era él. Había un vínculo entre ellos que alcanzaba y tocaba sus corazones profundamente.

Ella pensó para sí misma, "Finalmente me encuentro con él después de tantos años". Ella siempre leía todos los artículos publicados en los periódicos sobre él y dijo, "Me disculpo nuevamente por mirarlo fijamente, ¿no es usted Jules Quinn? Yo he leído todos los artículos de periódicos sobre su éxito en la industria y no puedo creer que esté aquí".

Él respondió que sí era Jules Quinn y sonrió, y preguntó si se habían conocido antes porque ella le parecía tan familiar. Ella no respondió. Él no podía apartar sus ojos de ella mientras ella se alejaba. Era una sensación muy inquietante e inusual, algo que no había experimentado con ninguna mujer antes.

Mientras esperaba que ella le trajera la cuenta, vio que una de las mujeres acompañó a las dos jóvenes francesas afuera del restaurante hasta un auto que se acercó. El chofer recogió a las dos muchachas y se fueron. Cuando estaba a punto de ponerse de pie y caminar hacia el mostrador, la mujer que había salido regresó al restaurante, se sentó a su derecha, y su amiga también se sentó a su izquierda. Ambas dijeron un "Hola, Jules" sincronizado.

Andrea continuó: "Por supuesto que nos hemos visto antes. Somos las amigas de Suzanne, Layla y Andrea. No me di cuenta de que eras tú hasta que te acercaste a nuestra mesa".

Layla dijo: "Te reconocí de inmediato, pero no quería que tú dijeras algo delante de mis hijas".

Jules se quedó sentado allí entre las dos mujeres, sacudiendo la cabeza y sin saber qué decir. Finalmente miró a Layla y dijo: "Has cambiado, pero nunca has podido cambiar tu risa". Jules entonces se recordó de Andrea.

Inmediatamente comenzaron una conversación, pero Andrea tuvo que irse para ir al hospital donde trabajaba como doctora. Layla se quedó para hablar con Jules. Ella quería saber qué había sido de él durante los últimos 25 años, más o menos, que fue la última vez que se vieron.

Comenzó a contarle sobre la historia de cuento de hadas que ella había vivido y todas las cosas maravillosas que le habían sucedido.

Su vida había cambiado, tomando un giro para lo mejor. Ella había conocido a su esposo en Los Ángeles mientras tomaba un curso de enfermería en la universidad. Para ese tiempo ella había estado viviendo con Suzanne y Andrea. Ellas estuvieron trabajando en un club de striptease, y ella y Andrea dejaron de trabajar en el club, poco después de que Suzanne se fue. Andrea había sido mesera en otros clubes pues necesitaba la ayuda financiera que le proporcionaban las propinas mientras cursaba sus estudios en la escuela de medicina.

Ella había conocido a su esposo en la universidad, mientras él estaba estudiando por un semestre en un programa de intercambio de estudiantes de una universidad de Francia. Él quería visitar los Estados Unidos y estaba tomando varios cursos en contabilidad y finanzas con Suzanne. Ella los había presentado un día en la cafetería mientras estaban entre clases.

"Él se sentó a mi lado y me preguntó si yo vivía en Los Ángeles. Estaba buscando alguien que lo acompañara a hacer turismo interno. Yo le respondí que no era guía turística, que había guías de turismo en las agencias de viajes locales. Él respondió que no quería sentirse como un turista, solo quería recorrer la ciudad y los sitios como un californiano".

Layla no pudo resistir la risa y le dijo que estaba demasiado ocupada con su trabajo y sus estudios y que no tenía el tiempo extra para hacer turismo. Él continuó insistiendo y le dijo que podía pagarle. Ella rápidamente le respondió que él debería preguntarle a cualquiera de las chicas hermosas en el campus si solo estaba buscando compañía femenina. Él respondió que ya tenía toda la compañía femenina que necesitaba.

"Le pregunté, ¿por qué un hombre tan guapo como tú quiere que alguien como yo lo lleve a pasear? Él respondió que yo era la única que le parecía una persona seria y sensata, a quien 'ciertamente' no le gustaría alguien como él".

Layla se rió y estuvo de acuerdo y respondió que definitivamente él no era su tipo.

"Por supuesto", respondió él, "yo estaba en lo cierto al pensar que dirías que no y que no te gustaría alguien como yo. Verás, ya he encontrado cantidad de mujeres que estaban interesadas en 'hacer turismo' en mi dormitorio, y ciertamente tú no pareces ese tipo.

Ella comenzó a reírse y aceptó su oferta de hacer turismo interno y dijo que él no tenía que pagarle. Solo tenía que pagar por el transporte, las entradas y almuerzo o cena si pasaban todo el día haciendo turismo.

Planearon encontrarse y ella lo llevó a todos los lugares turísticos en Los Ángeles. Pasaron cerca de dos semanas juntos durante las tardes cuando no tenían clases y ella no estaba trabajando. Ella estaba disfrutando del turismo y de su compañía más de lo que había anticipado. Él era muy encantador y divertido y la hizo reír como nadie lo había hecho durante mucho tiempo.

Un día la invitó a un parque de diversiones. Ella no estaba muy entusiasmada con la idea, pero aceptó ir. Durante el paseo en el parque, estaban muy cerca el uno del otro en las filas, e incluso mientras viajaban en los troncos de madera y otras atracciones. Ella se sentaba al frente de él o a su lado, y él comenzó a poner sus brazos sobre los hombros de ella, como las demás parejas, o la abrazaba firmemente cuando ella estaba frente a él. Ella no estaba preparada para un romance o una relación, no quería saber de los hombres, pero él la estaba haciendo sentir como una colegiala y eso la ponía nerviosa.

Su cara se sonrojaba como si estuviera en una primera cita. Él jugaba con su cabellera y hundía su rostro en su pelo, mientras estaban sentados en las atracciones.

Esto era totalmente inesperado y ella no estaba preparada para tener un romance con él. Cuando se bajaron de la atracción, le dijo: "NO, mantén tu distancia, esta no es una cita romántica". Él respetó sus deseos, pero no tenía intención de dejar de intentarlo nuevamente. A él realmente le gustaba ella porque no estaba encima de él como el resto de las mujeres.

Una noche, la invitó a su apartamento a cenar. Ella sabía muy bien lo que vendría después, pero aceptó; después de todo, a ella sí le gustaba él un poquito; bueno, quizás un poco más que solo un poquito.

Layla se fue a casa para cambiarse y se puso un vestido negro corto sin mangas con un collar de encaje y tacones negros. Ella sabía que se veía deslumbrante.

Cuando llegó al apartamento, que no era un dormitorio como él había dicho, tocó a la puerta y cuando él abrió, ambos se sorprendieron al ver al otro. Él no se esperaba una mujer tan hermosa, que se veía totalmente diferente a la mujer con la que había estado haciendo turismo vistiendo mahones, camiseta, zapatillas de deporte y gorra de béisbol.

Por primera vez se dio cuenta de que ella tenía el cabello negro hasta los hombros y su piel era como la de una muñeca de porcelana, con espesas cejas negras, grandes ojos marrones, y su labial color rosa iluminaba su rostro.

El vestía pantalones negros y una camisa blanca que parecía muy, muy cara. Cuando se miraron uno al otro era como si nunca se hubiesen conocido antes y estuvieran en una cita a ciegas.

Se quedaron mirando el uno al otro y se quedaron parados en la puerta, hasta que ella dijo: "¿Puedo entrar?", y él respondió: "Por supuesto, disculpa mis modales. No me había dado cuenta de que eres tan hermosa".

Ya en el apartamento, él había preparado la cena, o al menos eso dijo. Él puso una música muy suave y le sirvió una copa de vino. Se sentaron a cenar y charlaron durante toda la cena sobre sus clases. Después de la cena, ella dijo que era tarde y que tenía que irse para levantarse temprano en la mañana siguiente para ir a trabajar. Él se paró frente a la puerta y le pidió que no se fuera, pero ella insistió. Le pidió que se quedara con él esa noche y que él le pagaría…, y antes de que él terminara su frase, ella le dio una bofetada en la cara. Él se sorprendió con su reacción, nadie lo había abofeteado antes. Ella le dijo entonces que era un monstruo, como todos los otros hombres antes que él.

Él le había gustado y ahora él había arruinado la amistad al tratarla de una manera que no habría esperado de él. Le exigió que le dijera cómo se enteró de su vida pasada como stripper y…, y no pudo decir una palabra más. Cuando él se dio cuenta de lo que ella había hecho para ganarse la vida, le dijo que lo que él estaba a punto de decirle, antes de que ella lo interrumpiera bruscamente, era que él compensaría el salario de su próximo día, si ella no llegaba a trabajar. Le dijo: "Solo quería estar contigo, yo no estaba hablando de pagar por sexo. No tengo que pagar por lo que puedo obtener de forma gratuita", y abrió la puerta, frotando su mejilla donde ella lo había abofeteado y dijo: "Por favor, vete". Quería decir más, pero algo lo detuvo.

Cuando ella salió del apartamento, se dio cuenta de que había cometido un terrible error, pero ya era demasiado tarde para retractarse y se fue llorando.

Él estaba irremediablemente enamorado de ella. En las noches bebía y dormía con diferentes mujeres para sacársela de su mente. Layla estaba enojada con ella misma porque había revelado su secreto y lo había abofeteado duramente. Él era un hombre tan maravilloso y afectuoso. Ella se dormía llorando todas las noches, porque él no era como ningún otro hombre que hubiese conocido antes.

No se vieron de nuevo después de esa noche por un largo tiempo. A medida que pasaba el tiempo, ella se convenció a sí misma de que él merecía algo mejor.

Pensó en lo que debería haber hecho y dicho, pero ya era demasiado tarde. Hubiera sido más fácil dejar de verlo y decirle que era solo un amigo y que él había malinterpretado sus intenciones, pero era demasiado tarde —ya le había dicho la verdad.

Después de varias semanas, descubrió que él se había ido de regreso a Francia. No supo nada sobre él durante meses.

Hubiera preferido que él pensara que ella no estaba interesada, en vez de destruir lo que él pensaba sobre ella. Fue difícil para ella dar con una explicación. Ya había dicho la verdad sobre su pasado, todo había terminado, pero no podía evitar pensar en él todo el día. Las dos semanas que había pasado con él le habían cambiado su vida.

Un día, mientras caminaba en el campus de la escuela, él reapareció de la nada y se acercó a ella. Estaba sorprendida y feliz al mismo tiempo al verlo. No había escuchado nada sobre él durante mucho tiempo. Cuando él la vio, le dijo que tenía que hablar con ella y la invitó a cenar esa noche. Ella todavía estaba avergonzada por su confesión y su comportamiento la última vez que se vieron. Ella hasta había practicado lo que le diría a él, si alguna vez se volvían a encontrar.

Pero él la sorprendió y ella se quedó sin palabras. Aceptó la invitación, y acordaron encontrarse en un restaurante que ambos conocían.

Cuando llegó al restaurante, no supo qué hacer cuando lo vio con una pareja mayor, que supuso eran sus padres. Layla no estaba preparada para una reunión familiar.

Dio vuelta para marcharse, pero él ya la había visto a la distancia y corrió hacia ella. La agarró del brazo para detenerla y dijo: "Layla, yo sé la verdad, y tú me la dijiste. No importa, ya sé de ti y de tu vida. Te amo, y es por eso que volví a buscarte. Pensé que al irme me olvidaría por completo y nunca pensaría en ti otra vez, pero estaba equivocado. No pude dejar de pensar en ti por más que lo intenté. Por favor no te vayas. Cásate conmigo, Layla, viviremos en Francia y puedes tener la vida que te mereces. Eres dulce, amable, hermosa, y de todas las mujeres que he conocido, tú, para mí, eres única".

Ella lo miró y se dio vuelta para irse, no quería tener nada con él. Él la detuvo de nuevo y dijo: "Dime que no sientes lo mismo. Dime que estoy siendo estúpido y tonto. ¿Por qué te negarías a ti misma el amor verdadero y la felicidad? No tiene ningún sentido, ámame, ámame Layla, solo te estás castigando a ti misma. ¡Danos una oportunidad!".

Layla se dio la vuelta y dijo: "No me merezco esto, no te merezco, por favor, intenta comprender".

Él la envolvió en sus brazos y le dijo, "Yo soy el que no te merece. Me has enseñado a ser humilde, amoroso y afectuoso. Me has cambiado; pregúntale a mi familia. Yo era un playboy, irresponsable, gastando la fortuna de mi familia en drogas y mujeres. Ellos estaban cansados de mí y me enviaron aquí con muy pocos fondos y sin boleto de regreso. Me dijeron que no podría regresar hasta que me convirtiera en un hombre. Layla, tú hiciste eso, tú eres responsable del cambio en mí y nunca quiero dejarte ir. Me quedaré aquí hasta que me aceptes".

Layla se derritió con sus palabras y le dijo que solo lo aceptaría si se dieran la oportunidad de conocerse mejor.

Después de varios meses de pasar tiempo juntos sin intimidad entre ellos, que era su segunda condición, finalmente dijo: "Sí, acepto".

"Desde ese día en adelante hemos sido inseparables, nos casamos en Francia y tenemos hijas gemelas, las que salieron hace poco del restaurante".

Layla no había dejado de hablar durante unas dos horas, fue conversación tras conversación sin parar, y así sucesivamente ella comenzaría una nueva oración sin dar por terminada la primera. De lo único que habló fue de los últimos veinticinco años.

Fue difícil para él intervenir para decir algo. Finalmente él le dijo que ella era muy afortunada por haber encontrado a su esposo y haber estado casados con hijas.

Finalmente pudo hacer la pregunta que estaba persistiendo en su mente acerca de Suzanne. Le preguntó si sabía algo sobre ella. Layla respondió que Suzanne estaba bien y que siempre habían permanecido en contacto, incluso después de ella casarse y mudarse a Francia.

Layla dijo que era difícil para Suzanne hablar sobre lo que había sucedido entre ellos cuando ambos se separaron. "Estaba segura de que le pedirías que volviera, pero no lo hiciste. Después de la separación, ella estaba devastada, deprimida y sufrió profundamente la separación".

Dijo que Suzanne lo había llamado a él muchas veces y nunca recibió una llamada de vuelta y después de un tiempo ella dejó de intentarlo, temiendo que él la rechazaría y el dolor sería más difícil de soportar.

"Después de aproximadamente siete meses de sentir lástima por sí misma, finalmente decidió rendirse y olvidarte. Ella comenzó a trabajar y estudiar largas horas; sus días fueron de 12 y 14 horas de trabajo. Ella estaba decidida hacer algo con su vida. Fue a la universidad, donde obtuvo un grado en Administración de Empresas con dificultad y continuó estudiando hasta obtener su maestría.

"Después de la graduación, Andrea se mudó por su cuenta, yo me mudé a Francia con Al, y Suzanne abrió una pequeña firma de contabilidad con un compañero universitario y pronto se casaron.

"Su matrimonio no resultó bien. Desafortunadamente, su esposo se escapó con la asistente de ella y con los pocos fondos que ella había dejado en el banco.

Más tarde él murió y la dejó en su testamento. Suzanne no sabía que él era muy rico. Después de su muerte, el padre de él se puso en contacto con ella y le contó sobre el testamento. Ella se enteró entonces de que después de que su madre murió, él se había ido de su casa enojado y se negó hablar con su padre, culpándolo por no estar allí cuando su madre falleció. Él había obtenido su título y no dependía de la fortuna de su familia y nunca mencionó nada sobre sus padres. Cuando Suzanne recibió su herencia, invirtió parte del dinero en su negocio".

Jules estaba feliz de saber finalmente sobre Suzanne y le hizo a Layla tantas preguntas sobre dónde vivía, dónde estaba su negocio, y si se había vuelto a casar. Layla no quería responder a ninguna de sus preguntas y le dijo: "¿Por qué no le preguntas a su hija Laura?".

Jules estaba tan sorprendido de saber que Suzanne tenía una hija. Layla dijo: "Ella es la mesera que tomó tu pedido".

Él guardó silencio, y luego dijo: "¡Suzanne tiene una hija!". Estaba tan sorprendido y por unos minutos estuvo confundido y se dio cuenta de que la razón por la cual se había quedado mirando fijamente a la mesera era porque ella le recordaba a Suzanne. "¡Ella tiene una hija!".

Layla los presentó y Laura dijo: "Mentí cuando dije que había leído sobre ti en los periódicos, fue mi madre quien me habló sobre ti todo el tiempo. Ella dijo que eras muy buen amigo y que tenía muy buenos recuerdos de ti".

Estaba tan sorprendido y curioso por aprender todo lo que pudo sobre Laura, que se había sentado con Layla y él. Se sorprendió al saber que Laura había estudiado en la misma universidad que él y se había graduado con altos honores al igual que él.

Él comenzó a preguntarle sobre su madre, quería saber dónde vivía y dónde estaba.

Laura le dijo que ella y su madre habían vivido en un apartamento hasta que ella recientemente se casó con alguien que había conocido en la universidad, y que su esposo era el dueño del restaurante. Ella había venido a ayudarlo esa mañana porque una de las meseras se había reportado enferma y su esposo tenía una reunión importante esa mañana.

Jules tenía curiosidad por saber por qué el restaurante se llamaba "Rush Hour", y ella dijo: "Mami fue quien nombró así el restaurante por un amigo que siempre estaba apurado".

Jules sacudió su cabeza y se rió en voz alta, sabía que él era ese amigo, pero lo más importante era que todavía ella estaba pensando en él. Le agradó mucho la información.

Le dijo a Laura que venía de reunirse con su abogado en su oficina y que cuando salió de ahí estaba pensando en Suzanne mientras caminaba por el parque. Entonces vio el restaurante, cruzó la calle sin titubear, y le parecía más que una mera coincidencia que él hubiera reconocido a Andrea y Layla, y luego la conoció a ella.

Al conocer que Suzanne estaba bien y que tenía una oportunidad de volver a verla, su ansiedad creció. Él comenzó a sentirse emocionado por volver a verla. Sentía como si su amor por ella nunca se hubiese ido. ¿Cómo podía él todavía estar enamorado de ella? Era como si se hubieran visto por última vez horas antes. El reloj se había parado para ellos y el universo se había confabulado para que se reunieran. Era como si el tiempo se hubiese detenido y estaba pensando en su amor perdido por mucho tiempo.

Cerró sus ojos y respiró profundamente. Algo sucedió, fue una sensación irresistible que lo atraía, y lo halaba y empujaba a buscarla.

Preguntó entonces que dónde estaba Suzanne y Laura respondió que ella estaba en un vuelo hacia Atenas en camino a abordar un crucero en las islas griegas por ocho días. Sintió una fuerza irresistible que le ordenó que tenía que subir a ese crucero con ella.

Jules terminó abruptamente la conversación y dijo que estaba tarde para una reunión. Laura y Layla quedaron perplejas ante su repentina urgencia por irse. Jules dijo que regresaría a la ciudad en unas tres semanas para ver a Suzanne y se fue. Salió corriendo del restaurante, detuvo un taxi y fue directamente al aeropuerto. Había decidido que quería encontrarse con Suzanne en Grecia.

Para cuando llegó al aeropuerto, ya su secretaria había hecho la reservación para el vuelo desde el aeropuerto JFK de Nueva York a Atenas, Grecia. Los arreglos del crucero aún estaban en proceso de confirmación porque su secretaria primero tenía que buscar un crucero específico en Grecia que estuviera pautado para salir de Atenas al día siguiente por ocho días. Cuando Jules llegó al aeropuerto, su chofer lo estaba esperando con su pasaporte y su itinerario de vuelo.

Antes de subir al avión, llamó a un amigo que trabajaba con reservaciones en cruceros y le pidió que reservara un camarote al lado del de ella.

Su amigo hizo los arreglos, pero no pudo encontrarla bajo el apellido que Jules le había dado, por lo que hizo la reservación de un camarote al lado del de la única pasajera llamada Suzanne que apareció sola en el registro de pasajeros.

Para poder hacer la reservación y acomodar la solicitud de Jules, la agencia movió a una pareja que tenían reservado el camarote al lado del de Suzanne.

La pareja estaba muy feliz con el cambio, pues estaban en su luna de miel y les asignaron una suite de luna de miel que era mucho más cara de la que ellos habían pagado. Cuando la pareja preguntó sobre el porqué de la mejora en habitación y los cargos, le dijeron que habían ganado un sorteo que se había hecho entre todos los invitados del crucero.

Después de hablar con su secretaria y su amigo Mark, el agente de viajes, Jules abordó el avión y finalmente se dirigió a Atenas, Grecia. Nunca antes había estado en Grecia, esta era la primera vez para él.

Estaba ansioso por ver a Suzanne y se preguntó si ella habría cambiado o se vería igual, si tendría el cabello gris como el suyo y si todavía estaba delgada o estaría gorda. Comenzó a reír para sí mismo y la imaginó como la misma hermosa mujer que conoció hace muchos años.

Capítulo Cuatro

Día 2: Sueño con Estambul

La salida del vuelo de Jules se retrasó en Nueva York, y cuando llegó a Atenas se había perdido la salida del crucero por una hora. Regresó al aeropuerto y le pidió a su secretaria que le reservara otro vuelo para llegar al crucero en su segundo punto de atraque en Estambul.

Camino al aeropuerto comenzó a dudar, preguntándose si debería ir o no. Comenzó a tener dudas sobre su súbita decisión y pensó que tal vez su llegada tarde era una señal de que no debería perseguir a Suzanne. Llamó a su secretaria y le dijo: "Regresaré a casa, resérvame el próximo vuelo a Nueva York y cancela mis reservaciones a Estambul y al crucero".

Después de una breve pausa, ella respondió con firmeza, "Sr. Quinn, lo siento, ¡no voy a cancelar sus reservaciones! Me tomó varias llamadas telefónicas el programar y suplicar por las reservaciones en el crucero, usted me hizo mover una pareja para estar al lado de... —dijo dudando— bueno, usted sabe de quién. Ahora sé quién es ella. ¡Solo vaya! Después de todos mis años de trabajo con usted, sé que todavía está enamorado de ella, y es por eso que nunca ha tomado en serio sus relaciones con nadie más. ¡No voy a cancelar sus reservaciones! Si usted quiere, pues, cámbielas usted mismo. Si no sale bien, al menos lo intentó y no vivirá arrepentido; además, siempre puede volver a casa. Dése usted mismo la oportunidad".

Jules estaba extremadamente sorprendido de que su secretaria le hubiera hablado de esa manera. Después de tantos años de trabajar juntos, esta era la primera vez que ella desobedecía sus peticiones y le respondió: "¡Tienes razón! Solo estaba llamando para decirte que no canceles", y se rió. "Estoy abordando el vuelo a Estambul. Realmente necesitaba oír lo que dijiste, gracias".

Cuando llegó a Estambul ya era muy tarde y pasó la noche en un hotel cerca del muelle, en espera de la llegada del crucero al mediodía siguiente. Temprano en la mañana contrató a un guía turístico para que lo llevara a los diferentes sitios históricos.

Ese día abordó el crucero poco después del mediodía y estaba ansioso por prepararse para su cena y finalmente poder ver a Suzanne.

Cuando llegó al crucero se registró y estaba extremadamente nervioso, e intentó sin éxito mantener la compostura.

No le gustaba tomar decisiones apresuradas y finalmente se dio cuenta de lo que había hecho. Ni siquiera había preguntado si ella estaba con alguien en el crucero, aparte de amigos.

Fue entonces de compras a las tiendas en el barco y compró algo de ropa, ya que no había empacado ninguna. A dondequiera que iba la buscaba y pensó que quizás salió en un tour en tierra antes de él llegar. Cuando miró su itinerario, se dio cuenta de que tenía un tour programado durante el día y, desafortunadamente, había perdido su primera cita juntos.

Tan pronto el barco zarpó, se sintió mareado por el movimiento del mar. Había comprado cajas de parches y se puso dos parches en el cuello para evitar empeorar.

Finalmente se sintió mejor y comenzó a vestirse. Se cambió la camisa y su traje varias veces, sin saber qué traje usar. Se sentía como un joven de diecisiete años asistiendo a su baile de graduación de escuela secundaria. Era una mezcla de emoción y miedo a lo desconocido. Finalmente decidió usar el tuxedo negro, que siempre había sido el favorito de Suzanne. Ella siempre decía que se veía tan guapo cuando llevaba un esmoquin.

Llegó tarde a la cena por el tiempo que perdió mientras estuvo indeciso, cambiando camisas y corbatas. Mientras caminaba hacia la mesa, la vio a la distancia. Ahora era rubia. Allí estaba ella, sentada con un hermoso vestido color rojo con lentejuelas con un corte bajo en la espalda. Ella estaba de espaldas hacia él. Se veía notablemente hermosa y sexy desde atrás. No la había visto en tantos años, no podía imaginarse cómo se veía ahora o si ella había cambiado.

Ella tenía un corte en su vestido que dejaba al descubierto una larga y hermosa pierna. Respiró profundamente, cerró sus ojos mientras se acercaba y recordó el hermoso vestido negro que ella llevaba la primera vez que la llevó a cenar.

Según se acercaba lentamente a la mesa, la distancia entre ellos se hacía menos y menos. Hizo una pausa por unos segundos y entró en pánico al no saber qué iba a decir cuando se le acercara. Comenzó a sentirse mareado por el movimiento del mar y el salón parecía estar dando vueltas en círculos. Se dijo entonces a sí mismo: "Haz de cuenta que es una reunión de negocios y simplemente saluda a todos en la mesa y actúa sorprendido de verla. '¡Oh, qué coincidencia!'".

Estaba tan cerca que casi podía alcanzar y tocar su hombro con su mano. Al momento en que llegó más cerca y levantó la mano para tocarla, ella se inclinó hacia delante para hablar con el hombre joven que tenía al lado. Sus ojos se abrieron y se sonrojó cuando vio cómo el joven sonrió y puso su mano en la de ella. Tenía ante sus ojos lo que él más temía, *ella estaba con alguien.*

Lo único que pudo pensar fue en darse vuelta y marcharse tan rápido como pudiera sin ser notado. Sus sueños de encontrarse con ella y sus expectativas se hicieron añicos. ¿Qué esperaba, cómo es que no había preguntado si ella estaba con alguien? Se sintió tan estúpido, comenzó a respirar con dificultad, y puso su mano sobre su corazón para mantenerlo en su lugar.

Cuando se dio vuelta para irse, listo para dar el primer paso hacia la salida, allí estaba ella, parada justo frente a él. Miró hacia atrás para ver a la mujer que casi había tocado; ella se había dado vuelta y él vio su perfil y se dio cuenta de que no era Suzanne. Cuando se volvió hacia Suzanne, suspiró aliviado y susurró: "Suzanne". Estaba tan hermosa como siempre, delgada, su cabello suelto. Estaba vestida con un largo vestido negro con lentejuelas.

Suzanne lo miró con incredulidad y tartamudeó cuando dijo su nombre: "¿Juu... julllesss?".

Se miraron el uno al otro y cuando sus miradas se encontraron, parecía como que estaban solos en el salón, nadie más existía. Había un completo silencio. Ella dejó de respirar y su corazón latía con fuerza. Su corazón la traicionó y de inmediato se llenó del amor que ella pensó había olvidado hace tanto tiempo. Cuando se dio cuenta de lo que estaba sucediendo, se volvió cautelosa y a la defensiva temiendo que todos en el salón pudieran leer su mente y sus emociones y escuchar su corazón golpeando fuerte. Rápidamente miró alrededor del salón para ver quién la estaba mirando.

Muchas preguntas corrieron inmediatamente por su mente: ¿Por qué estaba él aquí, con quién estaba? Ella no sabía si era pura coincidencia, o si él estaba con alguien. Nuevamente dijo, "¡Jules!", con incredulidad. Él la miró a ella y trató de actuar como si estuviera allí por una mera coincidencia.

Él respondió: "¿Suzanne?".

Ahí estaba ella, el amor de su vida, tan bella como siempre. ¿Cómo pudo haberla dejado ir alguna vez? Imaginó que había girado la perilla de la cerradura y abierto la puerta en el pasado y ella se arrojaba a sus brazos diciendo: "Yo te amo".

Suzanne no podía creer que él estaba parado frente a ella y estaba extremadamente sorprendida de verlo. Dijo: "Jules, ¿qué estás haciendo aquí? Nunca hubiese pensado que nos encontraríamos tantas millas lejos de casa y en un crucero en las islas griegas".

Él fingió estar sorprendido, pero la verdadera sorpresa fue darse cuenta al verla de cuánto estaba enamorado de ella todavía. Aunque

Jules había viajado desde tan lejos para verla, no había anticipado la intensidad de su amor por ella. Trató de tranquilizarse. Respiró profundamente, la miró y se sentó en la primera silla que encontró.

Ella se paró a su lado y le preguntó si él estaba bien y él solo susurró su nombre, "Suzanne". Le tomó unos minutos darse cuenta de lo que acababa de acontecer.

La mujer que estaba sentada de espaldas a Jules se dio vuelta para dar la bienvenida a Suzanne y le dijo: "Bueno, cariño, vas a quedarte ahí parada, ya estás una hora tarde para la cena y yo tengo hambre".

Suzanne aún no podía creer lo que veía. Trató de calmarse, pero era obvio que estaba muy nerviosa y sorprendida. Sus ojos estaban parpadeando y se quedó allí confundida, sin saber si debería sentarse o seguir de pie. Jules estaba igual de nervioso, pero alcanzó una silla para que ella se sentara junto a él.

La mujer que había hablado era parte del grupo de amigos de Suzanne. Era una mujer muy sexy de 88 años y estaba acompañada por un joven de 30 años. Él muy bien podría ser su bisnieto. Ella estaba comportándose como si tuviera veintitantos años y actuaba como si hubiese estado bebiendo.

El camarero sirvió los aperitivos y Jules pidió una botella de vino. Ambos habían calmado sus nervios y Suzanne repitió que estaba muy sorprendida de verlo y que nunca hubiera esperado encontrarse con él allí. Él respondió que era un viaje muy inesperado, pero que estaba muy feliz de verla y ver lo hermosa que todavía estaba.

Más tarde, mientras cenaban, Mae le preguntó a Suzanne: "¿Dónde encontraste el galán?", mientras giraba la cara hacia la dirección de Jules y levantaba la barbilla mostrando a Suzanne a quién se refería. Entonces continuó diciendo, "Bueno, finalmente tomaste mi consejo. ¿Él es a tiempo completo o a tiempo parcial; será que podemos compartir?".

Suzanne se sonrojó, estaba tan avergonzada, pero Jules sonrió y respondió diciendo que él era a tiempo completo, y él y Suzanne se rieron.

Fue el comentario perfecto para que él y Suzanne lograran relajarse. Mae continuó la conversación diciendo: "Qué lástima", y le guiñó un ojo a Jules.

Le dijo entonces a Suzanne que había olvidado sus modales y debería presentarle a su chico enamorado. Suzanne estaba visiblemente molesta con su amiga, pero Jules se presentó y ella dijo que su nombre era Mae, pero que él podría llamarla Bae o cariño. Mae le preguntó entonces si él era el mismo Jules del que ella había leído en los periódicos. Él respondió que había muchos con su nombre y sonrió, y ella dijo: "Solo hay uno con quien Suzanne estuvo".

La conversación era algo incómoda y el acompañante de Mae interrumpió y dijo que era un placer que los acompañaran en su mesa.

Tuvieron su primera cena y pasaron tiempo juntos. Durante la cena estuvieron en silencio, con un gesto de asentimiento y una sonrisa de vez en cuando. Esa noche todos se presentaron con Jules; ya lo habían hecho entre ellos la noche anterior.

En la mesa había una mujer joven, Raquel, con sus padres. Ella no podía dejar de mirar a David, el acompañante de Mae. Ella intentaba sentarse lo más cerca posible de David cuando no estaba con sus padres.

Ellos seguían cada movimiento de la joven. Sus padres eran una pareja mayor, muy estrictos con su hija y ella tenía que vestirse de manera muy conservadora.

Ella era muy hermosa, pero usaba siempre ropa muy anticuada con vestidos largos, mangas largas y blusas abotonadas hasta el cuello, nada adecuado para un crucero. Sus padres no la dejaban alejarse de su vista.

Otros en la mesa eran una mujer con sus dos hijas adolescentes. Tenían unos 16 años y estaban conectadas a su música y auriculares todo el día. La madre había enviudado recientemente y llevó a las chicas en el crucero para sacarlas de la casa por unos días después del entierro.

Había otra pareja joven en su luna de miel. Ellos eran Andy e Isabel, ajenos al resto del grupo. Esta era la pareja que había sido movida cuando Jules tomó su habitación al lado de Suzanne. Llegaban a cenar y decían "Buenas noches" a todos y nadie más existía para ellos de ahí en adelante. La mirada en los ojos de él era muy profunda y penetrante, y cuando ella lo miraba, sus ojos quedaban hechizados. Ambos tenían veintitantos años, y se podía decir que eran más que solo amantes, eran almas gemelas. Era como si ellos pudieran leerse sus pensamientos y comenzaban a reírse sin cruzar palabras entre ellos.

Todos en la mesa los miraban y sonreían. Había un total de doce personas en la mesa, incluyendo a Suzanne y Jules.

Después de la cena, Mae los invitó a unirse a ella en la fiesta del Capitán y Jules inmediatamente dijo que sí, pero Suzanne dudó, diciendo que estaba cansada y tenía que levantarse temprano en la mañana siguiente. Mae insistió y ellos asistieron a la fiesta y bailaron ante la insistencia de Mae.

Durante la fiesta, el DJ tocaba canciones de los 80. La joven pareja que estaba junto a ellos en la mesa bailaron al ritmo de *Saturday Night Fever* y él —Andy— bailaba como John Travolta. Todos hicieron un círculo en la pista de baile y aplaudían sus movimientos sensuales. Suzanne y Jules lo pasaron genial esa noche gracias a la insistencia de Mae. Fue como si nunca se hubiesen separado. Esa noche tomaron unas copas y se rieron del comportamiento escandaloso de Mae. Mae estaba tan borracha que se desmayó y la llevaron a su habitación.

El resto de la noche estuvieron hablando de lo que habían hecho durante los últimos veinticinco años. Suzanne bailó con Jules y él solo la miraba y sonreía. Ella estaba en sus brazos y eso era todo lo que le importaba. Ella no había cambiado. Todavía era muy comunicativa, pero más sofisticada.

Él solo la miraba, ella era tan hermosa y se sentía muy emocionado al bailar con ella muy cerca y tener su mano en la suya en su cintura.

Suzanne estaba muy cautelosa; después de todo, se habían dejado hace unos 25 años.

Le dijo: "Jules, es extraño verte aquí. Puedo recordar que nunca te gustaron los cruceros porque te mareabas". ¿Estás aquí con alguien?".

Él respondió que estaba solo. Cuando la fiesta terminó, salieron a la cubierta de paseo y ella le preguntó nuevamente si había venido solo. Jules respondió que estaba allí solo. Suzanne no le creyó. Él le preguntó si ella había venido con Mae, y ella respondió, "Sí", que era su amiga. Le explicó que las reservaciones para el crucero eran originalmente una segunda luna de miel para una amiga y su esposo.

La amiga descubrió que estaba embarazada y como tenía náuseas todo el tiempo, le regaló los boletos a Suzanne. Mae insistió en unirse a ella en el crucero y finalmente Suzanne aceptó, pero con habitaciones separadas. "Ahora sabes por qué yo estoy aquí Jules, pero no me has dicho por qué tú estás aquí".

Suzanne continuó insistiendo y preguntó nuevamente si él estaba allí con alguien.

Cuando él respondió que estaba allí solo, ella se sorprendió y repitió sarcásticamente, "¿Solo?... ¡Tú!". Preguntó de nuevo, "Jules, ¿por qué estas aquí?".

Él le preguntó por qué estaba tan interesada en saber si él estaba con alguien y respondió que él estaba de vacaciones como ella y que había seguido el consejo de algunos amigos que habían tomado el mismo crucero el año anterior. Ella no estaba convencida con su respuesta y no insistió más. Le preguntó entonces por qué no se había unido a ellos para la cena la noche anterior y él le explicó la dificultad que tuvo por el retraso del vuelo al llegar a Atenas. Ella preguntó de nuevo, "¿Estás seguro de que estás aquí solo? Ok, es que es muy difícil creer que estás solo".

Él asintió y simplemente la miró a los ojos, sostuvo sus hombros hasta que vio su reflejo en sus ojos y pudo sentir su corazón y dijo: "¡Yo vine aquí por ti!".

Ella lo miró muy nerviosa y dijo: "Repíteme eso".

Reaccionó entonces y dijo: "Imposible, no nos hemos visto el uno al otro durante mucho tiempo, trata otro cuento". Ella lo miró a los ojos y cerró sus ojos. Ella conocía esa mirada muy bien y no iba a caer de nuevo, y le dijo: "Eres tan mentiroso".

Jules respondió: "Nunca miento cuando hablo en serio sobre algo".

"Bueno —ella dijo—, no te creo, no respondas la pregunta".

Jules finalmente confesó que no fue una coincidencia. Le dijo a ella la verdad, que desayunó en el restaurante y se encontró con Layla y Andrea, y conoció a su hija Laura.

Ella se sorprendió mucho y repitió: "¿Conociste a mi hija Laura?".

Él respondió, "Sí", y le preguntó por qué estaba tan sorprendida.

Ella preguntó: "Jules, ¿por qué el interés repentino después de 25 años? ¿Esperabas que te estaría esperando? Tengo una vida y planes para mi futuro y nunca contemplé la idea de que estarías en esos planes. Eres parte de mi pasado, no del presente y ciertamente no del futuro".

Dijo entonces: "Buenas noches", y comenzó a caminar hacia su habitación.

Cuando Jules caminó detrás de ella, Suzanne pensó que Jules la estaba siguiendo e iba a invitarse a sí mismo. Ella le preguntó cuál era su número de habitación y él respondió dándole su número.

Ella lo miró y dijo: "qué extraño, eso es al lado de mi habitación. El que tú estés aquí es un misterio para mí, tener camarotes uno al lado del otro, las mismas reservaciones para cenar, la misma mesa en la cena, el mismo crucero. Me pregunto, ¿qué más tenemos en común?".

Él solo sonrió y abrió la puerta de su habitación y dijo: "Buenas noches", y entró después de que ella había cerrado la puerta de su habitación. El resto de la noche hasta que se quedaron dormidos lo pasaron pensando el uno en el otro.

Capítulo Cinco

Día 3 - Domingo: Kuşadası

La mañana siguiente, Jules llamó a Suzanne y la invitó a desayunar con él. Ella lo acompañó y comieron fuera. El sol brillaba, el día era hermoso, no había ni una nube en el horizonte. La isla de Kuşadası parecía fascinante a la distancia con sus playas de arena blanca y agua azul claro. Él le preguntó dónde tenía programado ir durante el día y ella respondió que su viaje estaba programado para las 15:30.

Él dijo: "¡Que suerte! Tengo actividades idénticas programadas".

Suzanne lo miró y dijo: "Bueno, Jules, creo que estaremos viéndonos mucho el uno al otro en el barco y en tierra". Jules no respondió, solo levantó las cejas y sonrió como quien no trama nada bueno.

Mae todavía estaba indispuesta y no se unió a ellos en la mañana para el desayuno. Decidió quedarse, almorzar e ir directamente al bote que los llevaría a la costa donde estaban programadas sus giras por tierra.

Era domingo y decidieron aprovechar la mañana y contrataron un guía para un recorrido a pie antes de su tour de las 15:30.

Durante el recorrido matutino, Suzanne le habló a Jules sobre Mae. Le dijo que Mae era una empresaria muy exitosa, que era hija única y heredó una cadena de hoteles. Dedicó su vida a expandir su negocio en Europa y Latinoamérica y nunca se decidió a casarse y tener hijos. Ella era una filántropa y donaba dinero para promover la educación de estudiantes que no tenían fondos suficientes para continuar sus estudios. David era uno de esos estudiantes y él estaba en el proceso de espera por los resultados de su examen en medicina. Él había conocido a Mae mientras ella estaba siendo sometida a una cirugía en el hospital donde él estaba haciendo su internado durante su último año en la escuela de medicina.

Él había sido tan amable con Mae que, por primera vez en su vida, ella sintió lo que habría sido convertirse en madre si hubiera tomado tiempo para tener familia e hijos. Ella supo que él iba a dejar el internado durante algún tiempo para ayudar económicamente a sus padres.

Cuando Mae se enteró, lo contrató como su asistente. Él continuó su internado y pudo ayudar a su familia.

Mae lo invitó a este viaje y le pidió que se asegurara de que ella tomara todos sus medicamentos y de que no bebiera demasiado. Aunque Mae parecía que estaba borracha todo el tiempo, realmente no lo estaba. Solo le gustaba fingir para llamar la atención y sentir que ella era el centro del universo. La noche anterior fue un poco diferente, se estaba divirtiendo demasiado y parece que tomó un vaso de vodka de más.

Por la tarde, Suzanne y Jules llegaron para encontrarse con su transporte para la gira. Mae los miró y dijo en voz muy alta: "Qué pareja tan feliz, ¿durmieron juntos anoche?". Suzanne le dijo a Mae que ella era incorregible y ella y Jules miraron a Mae y sonrieron y sacudieron sus cabezas.

David se ofreció para ser el guía turístico del grupo. Sus abuelos eran de Grecia y él era muy versado en la historia e idioma griegos. Conocía cada detalle sobre las islas griegas. De niño pasaba sus vacaciones de verano en Grecia con su familia y viajaban de isla a isla descubriendo los tesoros de cada sitio. David era alto con ojos verdes y cabello negro. Era muy guapo, y Mae lo amaba como si él fuera su hijo y disfrutaba de su compañía. Ella lo había ayudado a él y a sus padres y él apreciaba su amabilidad y generosidad.

En este día tenían programado hacer una visita a Kuşadasi. David comenzó a leer un poco sobre la gira del día, que incluía un viaje al Templo de Artemisa, que es una de las siete maravillas del mundo antiguo, con una visita a la Basílica de San Juan, que fue erigida sobre su tumba en el siglo 6to por el emperador Justiniano.

Visitaron la Antigua Ciudad de Éfeso y exploraron Angora, Odeon, la Biblioteca Celsus y el gran teatro. Definitivamente era un lugar que no se podía dejar de ir a ver al estar uno en Turquía. Después del tour, fueron trasladados de regreso al puerto de Izmir, donde tenían tiempo libre para explorar la isla por su cuenta.

Todos en la gira se sorprendieron del conocimiento de David sobre Grecia. Era visto por algunos como un gigoló y como acompañante de Mae, y no como el hombre inteligente y profesional que era. Suzanne, por supuesto, sabía que Mae amaba a David como si fuera el hijo que nunca tuvo.

Mae le había contado la historia de David a Suzanne, y ella también llegó a conocer a David muy bien después. Él solía trabajar como bartender y como stripper masculino para pagar por sus estudios y ayudar a sus padres mientras iba a la escuela y durante su internado. Cuando acompañaba a Mae a la piscina, todas las miradas estaban puestas en él por su **masa muscular**, similar a la de un fisiculturista. Él hacía ejercicios todos los días en el gimnasio y avergonzaba a todos los hombres con su gran cuerpo.

Muchas de las mujeres en el crucero comenzaron a hacer ejercicio en el gimnasio solo para verlo más de cerca.

"Míralo. ¡Qué desperdicio! —algunas decían—, me pregunto cuánto ella estará pagándole". Algunas de las mujeres hacían comentarios sobre que pagarían el doble o triplicarían la cantidad, y Mae les pasaba por el lado riéndose en voz alta y decía: "Muéranse de envidia, chicas, él está con alguien más". A Mae no le importaba lo que ellas pensaran. Ella nunca volvería a ver a esas mujeres después del crucero; podían hablar todo lo que quisieran. Ella no estaba allí para satisfacer la curiosidad de nadie. Mae se divertía con el chismorreo.

David seguía a Mae dondequiera que ella iba. Mae trataba de perderlo y le decía que se fuera y se divirtiera solo. David no lo hacía y simplemente le decía: "Eres toda la diversión que quiero". Él amaba la compañía de Mae, no solo por lo que ella hizo por él y por su familia, sino por sus cuidados y amabilidad con él. Detrás de todas sus quejas y comentarios, el descubrió una mujer muy solitaria y amorosa que necesitaba desesperadamente una familia y a alguien que la amara y la hiciera sentir importante y necesaria. Todo el dinero que ella tenía no podía sustituir la familia que ella tan desesperadamente quería.

David solo vio a una verdadera mujer amorosa escondida tras todas sus quejas, gritos y exigencias cuando la conoció en el hospital. Ninguno de los otros internos quería su caso, y se lo asignaron a él. Desde el momento en que entró en su habitación no pudo ver lo que otros internos habían descrito como una bruja. Todo lo que vio fue lo que quiso ver: una mujer con un gran corazón que necesitaba atención y alguien a quien amar.

Ella estaba furiosa con la comida y no quería comer, empujó la bandeja y comenzó a maldecir y gritar quejándose del servicio. David salió de la habitación y ella gritó más fuerte. Él regresó rápidamente con una silla de ruedas y le dijo: "Súbete. Vamos a llevarte a un restaurante muy elegante".

Cuando ella se sentó, él le dijo: "Abróchate el cinturón, este es un vehículo veloz", y comenzó a correr por el pasillo del hospital, pasando por las habitaciones de los pacientes y laboratorios y el mostrador de las enfermeras. Imitaba el chirrido de gomas con su boca y antes de llegar frente al ascensor comenzó a girar la silla de ruedas alrededor, entonces entró al ascensor y fue a la cafetería y pidió un sándwich y café para ella.

Todo el tiempo Mae estuvo callada. Comió su sándwich sin quejarse y ella y David continuaron hablando y riéndose. El director del hospital y el supervisor de David entraron al comedor y comenzaron a caminar hacia su mesa y David dijo: "Uh, uh, estoy en problemas, creo que debería llevarte arriba de inmediato". Él le preguntó: "¿Estás bien?".

Cuando se acercaron a la mesa, el supervisor se disculpó por el incidente y le pidió a David que se marchara y que lo esperara en su oficina.

Mae le dijo a David: "No te atrevas a moverte de ese asiento", y, llamando al director por su primer nombre, le advirtió: "Si le haces algo a David puedes apostar tu trasero a que no recibirás el donativo que quieres de mí para la nueva ala".

El director sonrió entonces y dijo: "Por supuesto, Mae", y le pidió al supervisor que reasignara los deberes de David a otros internos.

Mae le dijo al director que quería que solo David fuera el residente encargado de ella mientras ella estuviera en el hospital. David fue liberado de muchas de sus otras rondas en la tarde para tener tiempo para Mae. Tenían emocionantes conversaciones sobre hospitales y cambios necesarios y niveles de servicio, y Mae habló sobre las similitudes en los niveles de servicio en los hoteles. Así, se hicieron amigos.

Después de unos días, David le dijo a Mae que después de la semana siguiente él se estaría yendo, pero dijo que había encontrado un reemplazo maravilloso si para entonces ella permanecía en el hospital. Mae estaba molesta e insistió en conocer la razón de su partida. David únicamente dijo que era un asunto de familia que tenía que atender. Mae respetó su privacidad, pero una vez que él salió de la habitación llamó al director para averiguar por qué David se iba. El director dijo que era confidencial y no podía revelar la información, pero Mae no tomó lo de "confidencial" como respuesta.

Al día siguiente, cuando David fue a visitarla, ella le preguntó si él la volvería a visitar cuando saliera del hospital, y él dijo que ya tenía planeado hacerlo. Mae preguntó por su reemplazo, y él le presentó a una maravillosa residente, que Mae amablemente aceptó. Después que David se fue por el resto del día, ella llamó a la residente e hizo conversación con ella, y por un par de días le pidió que regresara cuando David se fuera.

Al tercer día de estar ganando su confianza, finalmente le preguntó por qué David se estaba yendo. Por supuesto, ella confió en que no habría tal "confidencialidad" entre amigos. La residente le dijo que David se iba porque sus padres se enteraron y estaban avergonzados de que él estuviera trabajando en un club de striptease para ayudarlos a ellos y pagar sus estudios. David inmediatamente renunció a su trabajo como stripper, y necesitaba entonces tiempo para buscar otro trabajo y mudarse con sus padres, mientras ahorraba suficiente dinero para regresar y terminar sus estudios de medicina. Mae estaba desconsolada y llorosa porque David sabía que ella era muy rica y no le dijo nada.

Entonces se dio cuenta de lo honesto y serio que él era.

Mae llamó inmediatamente al director y se reunió con él y le dijo que **ya sabía por qué David se iba. Hicieron un plan para que él continuara su** internado con un fondo de becas que ya existía, pero que no tenía fondos. Mae donó dinero de forma anónima para estudiantes en circunstancias similares. Por supuesto, no podría ser tan obvio para David concluir que fue el financiamiento de Mae y decidieron otorgar cinco becas para diferentes internos. Usaron las normas de otros fondos de becas y las recomendaciones del personal.

El siguiente paso era encontrar un trabajo para David, donde pudiera tener un horario de trabajo flexible.

Cuando David recibió la beca, continuó como residente y le confesó a Mae que se le había otorgado una beca para sus estudios y le dijo la verdad sobre su partida. Mae fingió estar muy sorprendida y le dijo que estaba orgullosa de su logro.

Mae le preguntó si estaba trabajando. Él respondió que acababa de dejar su trabajo y estaba buscando un trabajo con un horario flexible para acomodar su trabajo en el hospital. Mae dijo que ella estaba buscando un asistente, ya que era difícil encontrar uno porque ella era muy exigente, y le preguntó si conocía a alguien que pudiera estar interesado. Él dijo que tenía varios amigos que él podía recomendar y le dejaría saber.

Mae no quería que él supiera que había creado una nueva posición para él, y tuvo que buscar cómo hacerle una oferta de trabajo. Sería fácil, ella era tan inteligente. Al día siguiente, le preguntó a David si podía investigar sobre un terreno que le interesaba comprar para un nuevo hotel que quería construir. Ella necesitaba información sobre el turismo, la población, los hoteles cercanos y sus calificaciones. David dijo: "Claro, estaré encantado de obtener la información para ti".

Al día siguiente, él tenía toda la información que ella había pedido. Lo sorprendente fue que ella ya tenía toda la investigación previamente hecha por expertos, pero él agregó información sobre un nuevo hospital que estaba siendo construido con servicios especializados. Le dijo que era un hospital con instalaciones de tecnología de punta y que esperaban recibir pacientes de todo el país. No había ningún hotel en esa área en particular, por lo que había una necesidad potencial. Mae le preguntó si él había hecho la investigación por su cuenta y él dijo que sí. Decidió entonces darle otra tarea mucho más complicada que la primera, y otra vez él regresó al día siguiente con toda la información que le solicitó y más. Ella se molestó con su equipo de trabajo, que les había tomado un mes para obtener la mitad de la información que él había proporcionado en unas pocas horas.

Mae le dijo: "Sabes, David, este es el tipo de información que yo necesito de un asistente, además de preparar los programas de trabajo para mí, hacer un mínimo de viajes y por supuesto mantener una buena relación. ¿Tú crees que estarías interesado en el trabajo? Paga muy bien y puedes acomodarlo para que no conflija con tu horario en el hospital.

¿Qué piensas?".

David estaba muy sorprendido y dijo: "Bueno, ¡parece que tiene usted un nuevo asistente, señora!".

Mae comenzó a darle asignaciones para verificar el trabajo que ya tenía hecho por su personal. Ella finalmente salió del hospital, y al regresar a trabajar reasignó todo su equipo y solo dejó a los que ella sabía que en realidad estaban trabajando y estaban comprometidos. ¡Ella estaba de vuelta!

David tenía su propia oficina, pero trabajaría principalmente desde una computadora que Mae le había dado.

Él nunca discutió el pago con Mae. Cuando recibió su primer cheque de pago, fue a visitarla personalmente y le dijo que habían cometido un error, que le habían pagado demasiado dinero. Mae lo miró y se rió, "Siento que nunca hubiéramos discutido sobre el pago, pero eso es lo que gana mi asistente".

David se puso lloroso y le dijo a Mae: "No, esto es demasiado dinero".

Mae respondió que ella les pagaba a sus empleados cuatro veces más por trabajo que nunca hacían y les tomaba para siempre poder terminarlo. Él había investigado todo lo que ella le había solicitado en una fracción del tiempo, por menos paga y con más información. David seguía insistiendo y dijo que no podía aceptar el pago, que solo aceptaría la mitad de lo que le pagó y si ella no tuviera suficiente para pagarle, él trabajaría de gratis. Las lágrimas de Mae rodaron por sus mejillas y dijo: "Estoy tan agradecida a Dios que fui hospitalizada y que he encontrado el segundo hombre más desinteresado en mi vida, que estaría dispuesto a trabajar gratis cuando puedo pagar el triple del salario que está ganando".

La verdad es que estaba ganando más dinero que el salario inicial de un médico, pero hizo que Mae redujera el salario a la mitad y continuó trabajando para ella después de que terminó su internado.

Había un vínculo especial entre Mae y David, ambos sabían lo especial que era el uno para el otro. El viaje a Grecia fue el primer viaje que habían tomado juntos.

En esta gira el grupo permaneció unido. Pasaron toda la tarde disfrutando de los diferentes lugares y se reían como si se hubieran conocido toda la vida. Mae tenía un comentario para todo. Seguía y seguía con sus comentarios y el grupo nunca se aburrió.

Mae le comentó a David que cada momento que Jules y Suzanne compartían se convertiría en un recuerdo eterno en los años venideros.

Los momentos presentes eran su historia, estaban creando historia juntos. Ellos encontraron tesoros inesperados el uno en el otro, en la forma en que caminaban, hablaban, sonreían, inhalaban, exhalaban, su fragancia, cuando cerraban los ojos, o cuando el viento tocaba el cabello de ella y lo apartaba de sus hombros.

Jules se acercó a Suzanne y le susurró al oído que los lugares y paisajes no eran tan hermosos como ella. El amor se había despertado entre ellos, eran jóvenes otra vez y ciegos a su entorno. Mientras caminaban, su mano tocó la de ella, ambos se miraron como si nadie más existiera en el universo a excepción de ellos dos. Recomenzaron donde lo habían dejado hace años. Cuando sus manos se tocaban podían sentir cómo se producían todo tipo de sentimientos de pasión y de rendición que habían sido olvidados y escondidos por años. Se miraban uno al otro con una profunda mirada de amor en sus ojos. Ambos estuvieron fascinados el resto del día. Él no soltó su mano y siempre logró mantenerla cerca. No quería que la magia del momento terminara. Cuando él la miraba una sonrisa iluminaba su rostro y cerraba y abría sus ojos con una mirada de profundo amor. Él se sentía como si estuviese respirando por primera vez.

Cuando llegaron a Izmir, Jules invitó al grupo a tener una cena ligera en un restaurante recomendado por el guía turístico. Había varios restaurantes que servían mariscos y souvlaki de cordero o pollo y excelentes postres. Mientras caminaban hacia el restaurante, había vendedores en las calles vendiendo artes, artesanías, joyas y pinturas del puerto.

Suzanne se detuvo para mirar las hermosas pinturas. Ella quería comprar una para ella y otra para Laura. Jules estaba viendo las bufandas y le compró una que sabía que le gustaría.

Cuando llegaron al barco ya era tarde y no cenaron.

Suzanne caminó con Mae a su habitación y habló con ella sobre Jules. Ella dijo: "Se ve tan guapo como la última vez que lo vi. Su cabello es más gris, pero luce tan elegante y distinguido y tan encantador. Hay algo especial en él que todavía me tiene cautivada y que llama la atención cuando entra a una habitación. Mae, tú ciertamente no fuiste la excepción cuando él llegó a la cena". Suzanne le confesó a Mae que su presencia hizo que todos esos sentimientos que había sentido hacia él surgieran nuevamente y le hicieron sentir el amor perdido del pasado. Le confesó que estaba empezando a disfrutar pasar tiempo con él y a sentirse como si estuviera sumergida en un remanso de amor olvidado.

Suzanne dijo que ya ella era mayor y que nunca pensó en encontrar a alguien en esta etapa de su vida. Mae suspiró y dijo: "Cariño, mi madre solía decir que la edad es solo un número y ella vivió hasta los 98 y tenía un amante cubano que era más joven que ella. José tenía 85 años. Solían bailar juntos e ir a cenar y tener fiestas en la casa y celebrar cumpleaños y aniversarios y cualquier evento que se les ocurriera. Dormían en habitaciones separadas, pero eran inseparables. A medida que envejeces, Suzanne, no es tanto el sexo, sino levantarse con alguien que te dice eres hermosa y te toma de la mano, pasan sus días juntos, ven programas de televisión, van al cine o toman una copa de vino juntos. Tú despiertas en la mañana para encontrar que eres amada y se abrazan y se besan porque te alegra el estar compartiendo otro día juntos. Se convierte en un hábito, un vínculo, la sensación de que no se puede sobrevivir sin el otro. La presencia del otro, su compañía se convierte en parte de ti. Inhalas y exhalas el mismo aire en la misma habitación. Los votos matrimoniales representan este amor o pasión puros por el otro, las palabras no son en vano, 'Yo, te tomo, **para ser mi esposo/esposa, para tener y sostener, desde este día en adelante, para bien o para mal, en la riqueza o en la pobreza, en la enfermedad y en la salud, para amar y atesorar, hasta que la muerte nos separe'.** El poder del amor es tan fuerte, que atrae su alma gemela incluso después de años, como les está sucediendo a ti y a Jules. Esto es lo qué significa 'hasta que la muerte nos separe', que nuestras almas están unidas, son inseparables, satisfaciendo más allá de las palabras y la comprensión".

Mae continuó diciendo, "Yo era demasiado orgullosa y perdí en el amor. Lamento no haberme aferrado al único hombre que me enseñó el significado del amor verdadero. Yo lo amaba secretamente y nunca se lo dije porque me sentía avergonzada de él. Él trabajaba en mercadeo en uno de mis hoteles y porque era un empleado, yo pensé que no era digno de mí. Él me declaró su amor, pero yo no lo tomé en serio y pensé que solo estaba detrás de la fama y mi fortuna.

Un día se fue y no regresó, y nunca supe nada más de él a excepción de una carta de despedida que escribió sin su dirección. En su carta me dijo que nunca había amado a nadie como me amaba. Escribió que él era lo suficientemente fuerte como para soportar mi orgullo y mis insultos, pero no mi falta de amor por él.

"No podía entender por qué me amaba tanto y yo no mostraba interés o afecto. Todo lo que hizo fue rodearme de amor, paciencia, tolerancia y amabilidad, hasta que sintió que todo estaba perdido y no había ninguna razón para que se quedara. Su dolor y tristeza habían llegado al punto en que era intolerable para él quedarse y verme todos los días sin que yo mostrara ningún interés en él.

"Suzanne, no repitas mi historia de perder en el amor. Soy una mujer muy sola. Estaba enamorada de él y fui muy inmadura y malcriada y no me di cuenta de cuánto lo amaba hasta después de que lo perdí. Los años pasaron e incluso contraté a un detective privado para que lo encontrara, pero nunca pudo encontrarlo, había desaparecido.

"Años más tarde, mientras estaba en un viaje de negocios en Chicago, entré a una tienda de zapatos y él estaba allí comprando zapatos. Me acerqué a él y enojada le exigí que me dijera por qué me había dejado, por qué no había llamado o regresado. Simplemente me miró con incredulidad y se quedó callado y no respondió a mis preguntas. De repente, una mujer se acercó a él y puso su mano alrededor de su brazo y le preguntó si todo estaba bien mientras me miraba. Él la miró y respondió que todo estaba bien y la presentó como su esposa. Me tomó por sorpresa, porque siempre me imaginaba que algún día nos encontraríamos y viviríamos felices para siempre. Me enfureció que me había dejado por esa mujer de apariencia triste. Yo no estaba dispuesta a dejarla interferir en nuestras vidas ahora que lo había encontrado y no estaba dispuesta a perderlo de nuevo.

"Inmediatamente los invité a cenar y él titubeó, pero su esposa insistió y fuimos a un restaurante y hablamos toda la noche. Todavía yo era la usual engreída y egocéntrica niña mimada, y me enteré de que él estaba desempleado. Aproveché la oportunidad y les dije que tenía un puesto en uno de los hoteles de Chicago para el cual podría entrevistarse, pero resultaría en un 75% del tiempo viajando para administrar la cadena hotelera mundial.

"Su esposa saltó ante la perspectiva del empleo y dijo que era una oportunidad maravillosa para él y ella sabía que él sería un candidato excelente para el puesto. Poco sabía ella que estaría esperándolo en todos los hoteles durante sus visitas. Me aseguraría de que nuestra agenda fuera idéntica. Yo iba a conquistar a este hombre, porque ella me lo había quitado y mi misión era recuperarlo.

"A la mañana siguiente lo presenté al personal y le dije que estaba contratado. Después almorzamos juntos en mi suite, y le exigí que me dijera lo que pasó. No me había dado cuenta de lo firme y resuelto que él era. Había tomado la decisión de dejarme hace años y su decisión era final. Le llevó años recuperarse de mí y estaba feliz y muy enamorado de su esposa. Me dijo firmemente que si trabajaba para mí sería una relación estrictamente de negocios y sin implicaciones sentimentales o una aventura. Si aceptaba sus condiciones se quedaría y trabajaría, si no, no tendría otra alternativa que irse de nuevo.

"Simplemente me dejó sin palabras, no podía dejarlo ir. Acepté su oferta, pero en el fondo sabía que usaría todo lo que estaba dentro de mí para que se enamorara de mí otra vez. Me quedé tras bastidores durante aproximadamente tres semanas y él estaba haciendo un excelente trabajo visitando los hoteles y escribiendo informes sobre mejoras y recomendando cambios. Él comenzó una encuesta sobre servicios al cliente y un programa de honor para reconocer la lealtad de los clientes, los cuales han crecido hasta convertirse en programas monumentales.

"Este era el lado del hombre que nunca me había molestado en conocer. Él era inteligente, reflexivo, creativo, brillante y trabajaba largas horas. Las calificaciones de los hoteles estaban mejorando, nos estábamos asociando con otras empresas, el negocio estaba en auge y comenzamos a recibir premios por excelencia en la industria. Empezamos a contratar más personal, restauramos las almohadas viejas con nuevas más suaves, además de coloridos edredones, cortinas y muebles.

Todo el crecimiento se prolongó durante aproximadamente dos años, en los que tuvimos reuniones semanales y mensuales y viajábamos mucho juntos.

"Respeté su decisión de mantener una relación estrictamente de negocios y estaba feliz solo con saber que **podía** hablar con él y verlo de forma continua.

"Un día nos encontramos en el hotel de París y tuvimos una reunión de negocios en mi suite. Trabajamos tarde esa noche y ordenamos comida mientras trabajábamos. Durante el transcurso de la noche algo sucedió. Inesperadamente, mientras intercambiábamos documentos, nuestras manos se tocaron y nos miramos y bajamos la cabeza avergonzados.

"Él habló primero y dijo: 'Lo siento, no quise hacerlo', y lo interrumpí y dije: 'Está bien, no necesitas disculparte'.

"Nos miramos el uno al otro queriendo decir tantas cosas. Quería gritar y decirle lo mucho que lo amaba, sus ojos estaban llenos de lágrimas. Por primera vez en mi vida, me sentí lo suficientemente madura como para saber que si no controlaba mis emociones en ese momento y si permitíamos que nuestro deseo e instintos animales nos desarmaran, no habríamos ganado nada y perderíamos todo lo que habíamos construido en nuestra relación.

"El respeto y la integridad que habíamos desarrollado eran más fuertes que cualquier momento secreto de intensa pasión que pudiéramos compartir, que nos destruiría a los dos, a nuestra relación, y me arriesgaría a no volver a verlo nunca más.

"Todos estos pensamientos pasaron por mi mente en segundos mientras nos miramos el uno al otro esperando intensamente que el otro hiciera el primer movimiento. Fue como si hiciéramos el amor con nuestros ojos. Yo podía sentirlo tocarme, podía sentirlo dentro de mí. Su presencia lo llenaba todo, estábamos hechizados. Los momentos fueron intensos y abrumadores y finalmente él rompió el silencio y dijo: 'Es tarde, creo que debo irme', y bajé mi cabeza con lágrimas en los ojos y no dije nada. Cuando él abrió y cerró la puerta detrás de sí, supe que no compartiríamos la intensidad de ese momento nunca más. Esa noche me di cuenta de cuánto él todavía me amaba y lo fiel que era a su esposa.

"A la mañana siguiente le envié un mensaje para que empezáramos a trabajar temprano, y cuando nos encontramos nunca discutimos lo que pasó esa noche otra vez, era como si nunca hubiera sucedido. Él está felizmente casado y tiene cinco hijos.

"¿Me puedes imaginar con cinco niños? ¡Imposible! Aunque muchas veces me pregunto cómo hubiesen sido nuestras vidas si yo no hubiera desperdiciado la primera oportunidad. Una relación secreta habría sido destructiva para él, para mí y para su esposa, que es una persona decente y cariñosa.

"Un día, ella y yo almorzamos juntas y me dijo que había estado celosa de mí y pensó que yo interferiría en su matrimonio. Ella dijo que cuando lo conoció él le dijo que estaba enamorado de una mujer que no correspondió a su amor y que nunca la olvidaría. Ella sabía a lo que se enfrentaba: a un recuerdo, una para recordar y la otra para amar.

"Ella tuvo que ganarse su confianza y amor y trabajó mucho para que él aprendiera a apreciarla. Con los años su cariño creció y eso era suficiente para ella. Ella se había conformado con el poco amor que él podía darle, y hasta este día ella sabe que él no ha olvidado su primer amor. Él no habla de eso, pero en sus ojos todavía ama a esa mujer. Entonces me dijo, 'Más tarde me di cuenta de quién era la mujer', y con lágrimas en sus ojos me dijo: 'Estoy tan agradecida con ella por no destruir nuestro matrimonio', aunque ella sabía cuánto lo amaba".

Mae no se había dado cuenta de que ella sabía. Los tres habían hecho grandes sacrificios. Ella dijo: "Mae, no sé cómo has podido trabajar tan cerca de él y esconder tus sentimientos, pero tus ojos y los de él revelan el amor escondido dentro de ustedes dos. Yo no hubiera podido ser así de fuerte, Mae, con alguien de quien estoy enamorada".

Mae se quedó sin palabras, no se había dado cuenta de que ella sabía la verdad y había permanecido en silencio. Mae entonces respondió y dijo: "Eres igual de fuerte, conociendo la verdad por todos estos años, guardando silencio y sin saber si cada noche era la última. Yo no hubiera podido hacer lo que tú has hecho, estar en silencio sabiendo que había alguien más tan cerca de él que podía haber puesto en peligro y destruido su matrimonio".

Ella confesó que su amor por su esposo fue lo que le permitió sobrevivir. Los tres habían guardado el mismo secreto. Mae logró decirle: "Todos hemos sido fuertes".

Todo lo que ella respondió fue: "Él tiene dos amores. Han sido muchos años y lo he amado en silencio toda mi vida".

Los ojos de Mae estaban llenos de lágrimas, ella había hablado desde su corazón y finalmente dijo: "Suzanne, toma mi consejo, no hagas lo que hice, mantenlo cerca y no dejes que se te escape. Hasta el día de hoy nunca me he casado ni he tenido hijos. Él todavía está aquí —señalando a su corazón— perdí en el amor y todavía estoy pagando el precio.

"Tu chico enamorado se ve muy interesado, viajó tan lejos por ti, y hasta diría que se ha enamorado de ti otra vez y un pajarito me dijo que planeó cada actividad para estar contigo. También escuché el rumor de que a la pareja que estaba en la habitación contigua a la tuya los mudaron a una habitación mejor para él tener la habitación al lado de la tuya. Si no sientes lo mismo que él, no lo entusiasmes; pero creo que es demasiado tarde para eso, estás irremediablemente enamorada del tipo. Así que disfruta, haz el amor y sé feliz".

"Mae —Suzanne dijo— han pasado 25 años. No tengo el mismo cuerpo, y la gravedad ha tomado su curso. Todo lo que estaba arriba ahora está abajo y todo lo que estaba abajo ahora está arriba, incluyendo mi presión arterial".

Mae contestó: "Querida, solo me preocuparía por su gravedad, y para eso hay Viagra".

Suzanne dijo: "¡Mae!".

Mae se alejó con una sonrisa y mirada traviesas, levantó sus cejas, y despidiéndose como una princesa, dijo: "Disfruta".

Cuando Suzanne dejó la habitación de Mae, ella y Jules se vieron, ambos entraron a sus habitaciones al mismo tiempo y dijeron buenas noches. Jules echó un segundo vistazo y esperó para ver si ella lo invitaba a entrar. Una vez dentro sus habitaciones, ambos recostaron sus espaldas contra la puerta. Ambos respiraban como si fuera imposible vivir el uno sin el otro, y ambos se volvieron para abrir la puerta y llamar a la puerta del otro y simplemente dejar que el destino siguiera su curso.

Cuando abrieron la puerta y salieron, ambos estaban uno frente al otro y él le preguntó si todo estaba bien.

Suzanne dijo: "No, yo solo estaba...", y él la invitó a su habitación, lo que ella aceptó en silencio.

Él había ordenado vino antes de invitarla. Sus intenciones eran pasar una velada tranquila con ella sin multitudes, sin nadie que interrumpiera su momento. Solo quería estar a solas con ella. Él sabía que Suzanne no bebía en el pasado, pero quería que la noche fluyera con la misma intensidad que durante el día. Cuando ella entró, todo lo que él quería era sentir su presencia. No hablaron. En el silencio, sus corazones hablaban el uno al otro mientras se miraban a los ojos y todo estaba dicho. No dijeron ni una palabra, solo sus ojos hablaron.

Luego él sirvió una copa de vino y dijo: "Por nosotros".

Suzanne estaba callada. Jules le dijo que había comprado un regalo para ella en el bazar. Ella estaba sorprendida, porque no podía recordar ningún momento en que no estuvieran juntos durante el día y ella no esperaba nada. Él caminó alrededor de su asiento y movió su cabello hacia un lado y anudó holgadamente la bufanda alrededor de su cuello. Todo fue en completo silencio. Él mantuvo sus manos sobre sus hombros queriendo abrazarla fuertemente, pero en su lugar se paró frente a ella y simplemente la miró y la besó en la mejilla. Sus manos ahora sostenían su pelo detrás de su cabeza. Suzanne cerró los ojos esperando más, estaba lista para el próximo movimiento de él. Jules se contuvo, sabía que su próximo movimiento determinaría su futuro.

Se detuvo inmediatamente, sus miedos comenzaron a resurgir, y pensó que era mejor esperar y no arruinar el momento.

Ya habían terminado una botella de vino. Suzanne no estaba acostumbrada a beber y se sentó al lado de su cama mientras él abría otra botella de vino para servirle otra copa. Cuando él se dirigió hacia ella, ella se había recostado en su cama con los ojos cerrados. Se había quedado dormida. Jules se sentó a su lado contemplando su belleza.

Se sintió nervioso al pensar que de nuevo ella estaba en su habitación y en su vida. Siguió repitiendo su nombre una y otra vez, "Suzanne, Suzanne". Su nombre era un sonido familiar en sus labios y le trajo muchos hermosos recuerdos del tiempo cuando estuvieron juntos.

Cuando ella despertó, todavía estaba oscuro afuera. Él le había quitado los zapatos y la había cubierto con una frazada. Suzanne lo miró y dijo: "Debo haberme quedado dormida. ¿Pasó algo anoche? No recuerdo nada excepto haber bebido demasiado vino. Esa es exactamente la razón por la que no bebo".

Él la miró, sonrió y arqueó las cejas como diciendo que algo había sucedido y dijo: "Fue maravilloso". Pero él era muy malo mintiendo y finalmente admitió que no pasó nada. Se rió y dijo: "Te quedaste dormida y estuve mirándote toda la noche".

Suzanne dijo: "Jules, esto no está bien".

Él dijo: "No digas nada, vamos a disfrutar el momento y deja que las cosas sucedan naturalmente". Se acostaron en la cama mirándose, y él tomó las manos de ella en las suyas.

En sus mentes y corazones existía un lenguaje tácito entre ellos y un vínculo especial tan poderoso e irresistible que los hacía querer estar juntos como amantes.

Aunque el tiempo había pasado entre ellos, se sentía extraño estar juntos porque los años habían pasado y al mismo tiempo se sentía bien estar el uno con el otro. Era como si hubiera sido ayer que se despidieron. Ambos se sentían tan bien el uno con otro que no tenían que fingir como si se hubiesen conocido por primera vez y quisieran impresionarse mutuamente. Eran ellos mismos, con todas las fallas, inseguridades y complicaciones que tenían.

Suzanne se fue entonces a su camarote. Todo el resto de la noche se preguntó si esto realmente estaba sucediendo. Se durmieron pensando el uno en el otro, deseando desesperadamente que el sol saliera para estar juntos de nuevo.

CAPÍTULO SEIS

DÍA 4 – LUNES: SANTORINI

ada día que el barco atracaba, se levantaban temprano solo para verse y pasar tiempo juntos, riendo, hablando, disfrutando de la compañía del otro. Estaban visitando todos los sitios juntos disfrutando de la belleza y el pintoresco paisaje y disfrutando del crucero. A Suzanne le encantaba hablar sobre su hija y sus estudios, y él hablaba acerca de lo que había hecho con las compañías que había adquirido. Jules había hecho un trato con su socio Bryan hacía mucho tiempo. Lo hizo porque no quería trabajar a tiempo completo y no estaba presente a tiempo completo. Bryan había muerto y su hijo estaba haciendo un excelente trabajo corriendo la empresa y mantuvieron una relación comercial muy exitosa. El hijo de Bryan se había casado y tuvo cinco niñas; dejaron de buscar un bebé varón después de que tuvo su última hija. Las chicas habían crecido y trabajaban con su papá mientras estudiaban en la universidad y eran mujeres de negocios muy inteligentes.

Solo una de ellas estaba realmente interesada en el negocio de aviones y seguía en los pasos de su padre y abuelo. Ella había estudiado ingeniería, trabajaba como mecánico de aviones, tenía licencia de piloto y ya estaba diseñando sus propios aviones.

Suzanne estaba impresionada con el progreso que habían tenido en la industria. La inversión de Jules y su futuro con Suzanne fue lo que hizo que él decidiera trabajar con la compañía. Cuando habló sobre el negocio con ella evitó la parte de su relación con ella y simplemente habló sobre la buena decisión comercial que había tomado.

Durante su tiempo en las giras y las conversaciones sobre sus vidas, ella se dio cuenta de que él parecía más seguro de sí mismo y no tan formal y exigente como antes. Él se notaba diferente, parecía más flexible y parecía querer disfrutar más de la vida.

Ella siguió tratando de ignorar sus propios sentimientos y no quería admitir que la presencia de él había despertado sentimientos perdidos que tuvo hace tiempo, como le había dicho a Mae. Había una fuerza más fuerte que ella que la atraía hacia él como un misterioso imán. Ella se preguntaba a sí misma si esto podía de verdad estar sucediendo, e incluso se preguntaba si él también estaría sintiendo lo mismo que ella. Incluso pensó que todavía tenían asuntos pendientes de una existencia previa que eran los responsables de empujarlos, halarlos y atraerlos juntos.

Suzanne todavía estaba confundida sobre la razón que él le dio para haber venido al crucero cuando descubrió que ella estaba allí. Ella no quería anticiparse o considerar cualquier idea en su mente o entusiasmarse con él y pensar que él realmente estaba allí por ella. Seguía apartando esa idea de su mente. Era difícil para ella captar este pensamiento.

No podía dejar de pensar en él día y noche. Pensar tanto en ello la dejaba mentalmente exhausta, y decidió simplemente seguir los consejos de Mae y solo disfrutar, vivir el momento, no pensar en el futuro, solo vivir en el presente ahora.

Ese día, todo su grupo partió en su gira del día a Santorini. Ellos habían escuchado tantas cosas maravillosas sobre la isla que todos deseaban explorar la belleza y riqueza de los paisajes y ver el cráter del volcán. David comenzó a hablar sobre Thira, Santorini, que es un complejo de islas llamadas Cícladas.

Santorini es un pequeño grupo circular de islas volcánicas ubicadas en el Mar Egeo, a unos 200 km al sureste del continente de Grecia.

Es la isla más grande de un pequeño archipiélago circular que lleva el mismo nombre y es el remanente de una caldera volcánica. La municipalidad de Santorini incluye las islas habitadas de Santorini y Therasia y las islas deshabitadas de Nea Kameni, Palaia Kameni, Aspronisi y Christiana.[1]

David explicó que Santorini es esencialmente lo que queda después de una enorme erupción volcánica que destruyó los asentamientos antiguos en una isla que anteriormente constituía una sola unidad, y creó la caldera geológica actual. Una gigante laguna rectangular central, que mide alrededor de 12 por 7 km, está rodeada por acantilados escarpados de 300 m de altura en tres lados. La isla principal tiene una cuesta que baja hacia el mar Egeo. En el cuarto lado, la laguna está separada del mar por otra isla mucho más pequeña llamada Therasia; la laguna está conectada al mar en dos lugares, en el noroeste y el suroeste. La profundidad de la caldera, de unos 400 m, hace posible que los barcos, con excepción de los más grandes, puedan anclar en cualquier lugar de la bahía protegida. Ahí está también un puerto de pescadores en Vlychada, en la costa sudoeste. El principal puerto de la isla es Athinias. La

---

[1] Thira-Santorini. (2016, septiembre). *Thira Santorini*. Obtenido de The History of Santorini - Thira: <www.visit-santorini.com/site/history.htm>.

capital, Fira, está en la cima del acantilado mirando hacia la laguna. Las rocas volcánicas presentes desde las erupciones previas incluyen olivino y tienen una pequeña presencia de hornblenda.[2]

Es el centro volcánico más activo en el Arco Volcánico del Sur del Egeo, aunque lo que queda hoy es principalmente una caldera llena de agua. La región se volvió volcánicamente activa hace unos 3-4 millones de años, aunque el vulcanismo en Thera comenzó hace unos 2 millones de años con la extrusión de lavas dacíticas de los respiraderos alrededor del Akrotiri.

La isla es el sitio de una de las mayores erupciones volcánicas registradas en la historia: la erupción minoica (a veces llamada la erupción Thera), ocurrió hace unos 3,600 años, durante la cumbre de la civilización minoica. La erupción dejó una gran caldera rodeada de depósitos de ceniza volcánica de cientos de metros de profundidad y puede haber conducido indirectamente al colapso de la civilización minoica en la isla de Creta, como resultado de un gigantesco tsunami. Otra teoría popular sostiene que la erupción en Thera es la fuente de la leyenda de Atlantis.[3]

La mención de Atlantis llamó inmediatamente la atención de todos. El grupo quería que David hablara más sobre la leyenda. David entonces comenzó a hablar sobre la escritura del filósofo griego antiguo Platón y dijo que si él no hubiera escrito tanta verdad sobre la condición humana, su nombre habría sido olvidado hace siglos.

"Pero una de sus historias más famosas —la destrucción catastrófica de la antigua civilización de la Atlántida— es, casi sin duda, falsa", dijo.

"Platón contó la historia de la Atlántida alrededor del año 360 AC. Los fundadores de la Atlántida —dijo— eran mitad dios y mitad humanos. Crearon una civilización utópica y se convirtieron en una gran potencia naval. Su país estaba formado de islas concéntricas separadas por anchos fosos y unidas por un canal que penetraba hasta el centro. Las exuberantes islas contenían oro, plata y otros metales preciosos y sustentaban una abundancia de especies raras y exóticas de fauna silvestre. Había una gran ciudad capital en la isla central".

Hay muchas teorías sobre dónde estaba la Atlántida, en el Mediterráneo, frente a la costa de España, incluso bajo lo que ahora es la Antártida. "Escoge un lugar en el mapa, y alguien ha dicho que Atlantis estaba allí" —citando a Charles Orser, curador de historia en el Museo Estatal de Nueva York en Albany. "Es en cualquier lugar que te puedas imaginar".

---

[2] Bysshe Shelly, P. (2017). *Greece Secrets of the Past*. Obtenido de <http://www.historymuseum.ca/cmc/exhibitions/civil/greece/gr1040e.shtml>.

[3] Alford, A.F. (2016, sept.). *The Atlantis secret*. Obtenido de <http://www.bibliotecapleyades.net/atlantida_mu/esp_atlantida_12.htm>.

Platón dijo que Atlantis existió unos 9,000 años antes de su propio tiempo, y que su historia había sido transmitida por poetas, sacerdotes y otros.

Pero los escritos de Platón sobre Atlántida son los únicos registros conocidos de su existencia.

David dijo que pocos, si alguno, de los científicos piensan que la Atlántida realmente existiera. El explorador oceánico de *The National Geograpic*, Robert Ballard, quien descubrió el naufragio del Titanic en 1985, señala que "ningún ganador del premio Nobel" ha dicho que lo que Platón escribió sobre la Atlántida es cierto.

No obstante, dice Ballard que la leyenda de Atlantis es "lógica", pues inundaciones cataclísmicas y explosiones volcánicas han sucedido a lo largo de la historia, incluyendo un evento que tenía algunas similitudes con la historia de la destrucción de la Atlántida.

Hace unos 3,600 años, una erupción volcánica masiva devastó la isla de Santorini en el Mar Egeo cerca de Grecia.

En ese momento, una sociedad altamente avanzada de minoicos vivía en Santorini.

La civilización minoica desapareció repentinamente al mismo tiempo de la erupción volcánica.

Pero Ballard no cree que Santorini fuera la Atlántida, porque el tiempo de la erupción en esa isla no coincide con cuando Platón dijo que Atlantis fue destruida.

Se cree que Platón creó la historia de la Atlántida para transmitir algunas de sus teorías filosóficas. "Estaba lidiando con una cantidad de problemas, temas que recorren todo su trabajo", dice. "Sus ideas sobre lo divino versus la naturaleza humana, las sociedades ideales y la corrupción gradual de los humanos en la sociedad, estas ideas se encuentran en muchas de sus obras. Atlantis fue un vehículo diferente para llegar a algunos de sus temas favoritos".

La leyenda de la Atlántida es una historia sobre un pueblo moral y espiritual que vivió en una civilización utópica altamente avanzada. Pero se volvieron codiciosos, mezquinos y "moralmente en bancarrota", y los dioses "se enojaron porque el pueblo había perdido el rumbo y se había dedicado a actividades inmorales". Como castigo, él dice que los dioses enviaron "una terrible noche de fuego y terremotos" que hizo que la Atlántida se hundiera en el mar.[4, 5]

---

[4]   Dyer, W. (2016). *Atlantis: True Story or Cautionary Tale?* Obtenido de National Geographic: <http://science.nationalgeographic.com/science/archaeology/atlantis/>.

[5]   Alford, A.F. (2016, septiembre). *The Atlantis secret.* Obtenido de <http://www.bibliotecapleyades.net/atlantida_mu/esp_atlantida_12.htm>.

El grupo estaba fascinado con la historia de la Atlántida. Muchos de ellos pensaban que era una historia real y se decepcionaron cuando David dijo que "Platón creó la historia para transmitir teorías filosóficas".

Su gira a Santorini incluyó una visita a un castillo medieval: Kasteli de Pyrgos. Es uno de los cinco asentamientos fortificados y el más importante. El peñasco fue habitado en la época medieval, porque la fortaleza ofrecía protección contra los piratas.

Al castillo solo se podía ingresar desde la "Porta", que sobresalía de una estructura cuadrada con una apertura en la parte de abajo desde la cual los habitantes del castillo podían derramar aceite sobre los invasores.[6]

Como todos los demás castillos en Santorini, uno puede encontrar una iglesia cerca de la entrada. Debajo del castillo solía haber un sistema de pasillos, usados para protección o incluso escape en tiempos de necesidad. Pyrgos se convirtió en la capital de Santorini antes de Fira, que hoy es la capital de Santorini.

Lo primero que uno ve al entrar al castillo es la iglesia de Santa Teodosia, que no es la única allí. En el lado oeste, otra iglesia, "Isiodion" de Theotokos, que se cree fue construida en el siglo 10 y tiene unos íconos de valor extremadamente valioso e histórico, ¡y un iconostasio de madera! Finalmente, la última iglesia que mencionó es la iglesia de la Virgen María, que se encuentra en el punto más alto del castillo y fue construida en los 1600s.[7]

David explicó que el Monasterio del profeta Elías en Pyrgos está en un pueblo cercano, en la cima de la montaña de "Profitis Ilia"; está situado en un monasterio. Se remonta al 1711 y durante su gloria poseía gran poder espiritual y financiero, además de considerable riqueza. Incluso tenía su propio barco que llevaba a cabo negocios privados para el beneficio del monasterio. Al mismo tiempo, representaba una influencia intelectual y patriótica activa. De 1806 a 1845 se operaba una escuela donde el idioma y la literatura griega se enseñaban.[8,9]

David dijo que en nuestra próxima gira visitaríamos Oia, una aldea

---

[6]   Kastrologos. (2017). *Castles of Greece*. Obtenido de Kasteli de Pyrgos: <http://www.kastra.eu/castleen.php?kastro=kallisti>.

[7]   Greece, S. (2017). *Amazing Castles and Fortresses of Santorini*. Obtenido de *Secret Greece*: <http://www.secret-greece.com/amazing-castles-and-fortresses- santorini />.

[8]   *Estia of Pyrgos Cultural Association*. (2016). Obtenido de Secret Greece: <http://www.santorinipyrgos.com/prophet-elias-monastery>.

[9]   Island, G. (2016, septiembre). Obtenido de *The Greek Islands Specialist*: <www.greeka.com/cyclades/santorini/santorini-churches/santoriniprophet-elias.htm>.

tradicional con encantadoras casas en calles estrechas, iglesias con cúpulas azules, y porches bañados por el sol. Sus calles tienen muchas tiendas para turistas, tabernas, cafés y otras tiendas. David dijo: "La sensación de la primera vez que pongan sus ojos en esta joya arquitectónica —mientras miraba a Raquel—, es realmente algo para recordar de por vida".

David definitivamente se había enamorado de Raquel. Todos se habían hipnotizado con sus hermosas palabras descriptivas de Oia, que estaban dirigidas a Raquel.

El guía turístico agregó que Oia, ubicada en el extremo norte de Thira, construida bien alto sobre el nivel del mar, brilla como una princesa adornada del Mediterráneo y no tiene rival. El paseo por el asentamiento tradicional es absolutamente libre de ruido y tráfico, y uno admira las maravillosas creaciones de joyeros locales, o disfruta un postre o un cóctel en un ambiente donde la estética se deleita sin esfuerzo.

A medida que pasa el tiempo, tus pasos ritualmente te llevan a la mejor vista del Occidente, mientras disfrutas de la magia del momento, cuando Su Majestad el Sol desaparece bajo el horizonte, incendiando las aguas y los cielos del Egeo.[10]

Mae solo decía: "¡Oh, Dios mío, qué romántico; la próxima vez vendré con un acompañante!".

Durante el recorrido por el monasterio hablaron sobre los bellos paisajes, mientras Jules y Suzanne caminaban uno al lado del otro. En un momento en que ellos estaban sentados juntos y él le dijo a Suzanne que volteara y mirara una estatua, cuando ella se volvió, él había inclinado su cabeza y estaban tan cerca que sus labios se rozaron y solo se miraron el uno al otro. La cara de Suzanne se enrojeció, pero no dijo nada.

Mientras caminaban por el pueblo había diferentes vendedores de artesanías, souvenirs locales y joyería hecha a mano. Él le trajo un collar y se paró detrás de ella, le echó el pelo hacia un lado y le colocó el collar en el cuello. Cuando terminó de ponerle el collar, bajó la cara y besó suavemente su hombro.

Suzanne abrió los ojos sorprendida, pero estaba paralizada y no se movió. Ella no sabía qué decir ni qué hacer, así que él le tomó la mano y dirigió el camino. Estaba paralizada por no saber cómo reaccionar, pero lo siguió. Aunque sus sentimientos hacia él eran fuertes, se preguntaba si podía ser que ella anhelaba enamorase y no se había dado cuenta y tal vez, solo tal vez, él llegó en un momento en que ella estaba vulnerable e insegura de sus emociones. Desde el momento en que lo vio por primera vez, sintió algo por él. Pero, podría ser esto amor en esta etapa de su vida,

---

[10] *Santorini Oia Village*. (2017). Obtenido de in-santorini: <http://www.in-santorini.com/santorini-oia.html>.

podría ella realmente haber encontrado el amor otra vez, y con "él" de todas las personas. Parecía imposible, pero se sentía tan bien el sentirse viva y vibrante de nuevo y tener su corazón latiendo como la marcha de cuatro tiempos de un caballo Paso Fino.

Ella luchó silenciosamente consigo misma, incluso después de decidir que viviría el momento. Una parte de ella solo quería correr hacia él y dejarse ir, pero parte de ella todavía sentía el dolor, la angustia y el abandono del momento en que se despidieron hacía años. Ella había perdido en el amor antes y le resultaba insoportable pensar en repetir el mismo dolor de nuevo.

Ella no podía entender cómo ambos sentimientos de amor y dolor pudieran coexistir y cómo ella podía aún sentir emociones idénticas resurgir de su pasado.

Cuando él la tomó de la mano ella se sintió vibrante, llena de amor y energía recién descubiertos, y cuando él la miró a los ojos, se dio cuenta de que el amor que sentía superaba el dolor. Solo estar cerca de él caminando a su lado hacía vibrar su cuerpo. Los nuevos sentimientos eran más fuertes y diferentes a los de antes. Había una mayor sensación de seguridad y confianza. Las dudas que ella había sentido antes se estaban disipando lentamente. Ella sintió que había conquistado sus miedos y decidió dejarse llevar y aceptarlo a él y al destino.

Comenzó a recordarse a sí misma que disfrutara de su compañía y prometió que disfrutaría el resto de sus vacaciones con él. Aun si ello significaba que no lo vería más cuando llegaran a casa. Su tiempo juntos en este momento le duraría toda la vida.

Jules pensó que después de ese beso y de estar tomados de la mano, sería más fácil para él explicarle sus sentimientos, pero no era tan fácil decirlo como hacerlo. Todavía era difícil para él.

Se sentó y contempló cuán elegantemente ella se movía, como si caminara en el aire. Suzanne había cambiado y se veía mejor que nunca. Había algo diferente en ella y él no podía descifrarlo; ella tenía el mismo hermoso cabello largo, era elegante y esbelta, y caminaba como si fuera una modelo en una pasarela de moda. Ella tenía un poco de lo de antes, mezclado con lo que el descubrió que era una sensación de autosuficiencia, autoconfianza y una alta autoestima.

Ella ya no estaba insegura de sí misma y su toma de decisiones. Paz y elegancia eran las cualidades que ella había aprendido. Ella había realizado sus sueños a lo largo de los años y estaba cómoda consigo misma y con sus logros.

La nueva Suzanne recién descubierta por él lo asustaba porque era exitosa y no parecía necesitar nada ni a nadie en su vida. Ella estaba feliz y por un instante él pensó que esto afectaría cualquier plan futuro para ellos, porque ella sentiría que él interrumpiría su paz interna e interrumpiría el trabajo de ella.

Todavía él no había superado sus temores por completo. Tenía miedo a ser rechazado si expresaba sus sentimientos. Estaban a la mitad de sus vacaciones y comenzó a desesperarse, no quería esperar más. Anhelaba que ella cayera en sus brazos y mantenerla bien cerca el resto de su viaje, y confesar la verdad del porqué no se acercó a ella cuando ella se marchó y lo dejó.

Suzanne se había adelantado para mirar algunos souvenirs y Mae vio la soledad en sus ojos y sostuvo su mano para darle algunas palabras de sabiduría y aliento. Ella dijo: "Puede que sea vieja, pero puedo ver un reflejo de mi propia soledad en tus ojos. No hagas lo que yo hice. Si la quieres ve tras ella". Mae no se dio cuenta de que al tomarlo de la mano, ella había puesto fin a un momento intenso de miedo. Jules la miró con un suspiro de alivio.

Jules le confesó a Mae que no sabía cómo reconstruir las cosas. Ahora entendía por primera vez por qué le era difícil construir cualquier cosa, era lo mismo con las relaciones. Él nunca aprendió a rescatar ninguna relación, incluyendo sus dos matrimonios anteriores o con Suzanne, la mujer que tanto amaba. Él la dejó irse sin hacer ningún esfuerzo, o simplemente decir la palabra que habría cambiado sus vidas. Él no tuvo el coraje de abrir la puerta hace 25 años y correr tras ella y pedirle que se quedara.

Mae le dijo que Suzanne le había revelado la historia de ellos y que ella también tenía miedo de ser lastimada de nuevo, pero decidió que su amor por él era tan fuerte que correría el riesgo de amar y perder de nuevo si tenía que hacerlo. Jules se sintió alentado por las palabras de Mae al saber que Suzanne todavía tenía sentimientos por él.

Jules dijo que se encontraba perdido en territorio desconocido nuevamente. Él estaba tratando de encontrar un camino que lo condujera a tomar las decisiones correctas, pero vacilaba en cada giro, cada curva lo hacía detenerse y dudar. Si él pudiera simplemente parar y continuar sin sentir miedo.

Ahora se encontraba en la misma situación que había vivido 25 años antes, y no sabía qué hacer. Nunca se había admitido a sí mismo que tenía miedo de quedarse solo, abandonado y rechazado como su papá le había hecho hace tantos años. Hasta ahora no se había dado cuenta de que aún llevaba el dolor y la pérdida del abandono de su padre. Él pensó que había superado la ira y el miedo que sintió con el paso del tiempo, pero se dio cuenta que nunca había superado ese sentimiento. Todavía sentía el rechazo de su padre en su corazón y en su mente. Él pensó que tenía todas las respuestas, pero cuando se encontró cara a cara con la realidad, se dio cuenta de que nunca había aprendido a superar la decisión de su padre sobre él. Ser destructivo fue su manera de vengarse de su padre una y otra vez. Suzanne era parte del miedo que había sufrido durante años. Por primera vez en su vida estaba llegando a un acuerdo con su miedo porque ahora se daba cuenta de que se requería un largo compromiso, dedicación, devoción y responsabilidad de su parte. Con Suzanne significaba fidelidad en una relación de familia que su padre nunca le había enseñado.

Siempre pensó que aplastar y destruir era lo que lo impulsaba, pero era el miedo a perder lo que lo alejaba de lo que más quería. Tenía miedo de amar y por eso se sentía amenazado por Suzanne. Temía perderla si se entregaba completamente a ella y eso hizo que él la alejara. Prefería que ella se fuera y no enfrentar la posibilidad de fracaso en la relación porque le recordaba los sentimientos que estaban enterrados en su corazón. No se había dado cuenta de que el mayor fracaso fue dejarla ir. Se había arriesgado con Suzanne, pero no funcionó porque él no intentó retenerla. Él ahora quería estar con ella porque la amaba y no sabía dónde comenzar la relación y tener éxito. El daño que su padre le causó tenía que ser reparado de alguna manera y ahora él sabía eso. Él quería desesperadamente que el amor de Suzanne curara las heridas dejadas por su padre. Le parecía tan complicado el no saber en esta etapa de su vida cómo conseguir lo que quería. Por primera vez se había sincerado consigo mismo y era al menos capaz de hablarlo y entenderlo, aunque no sabía cómo arreglarlo.

Mae le dijo: "Jules, Suzanne te ama y hay más en esta historia de amor que lo que se ve a simple vista y la verdad que no se ha revelado te llenará y desbordará tu corazón con amor y felicidad por el resto de tu vida. Ella también tiene miedo, tendrás que ser fuerte por los dos y una vez que ella se dé cuenta de que estás ahí para ella, ella responderá. Jules, se necesita valor, y si no peleas y luchas contra tus propios sentimientos por lo que quieres, nunca sabrás cuánto has perdido y cuánto tienes por ganar".

Jules miró a Suzanne a la distancia mientras ella se reía con algunos vendedores y ella volteó a mirarlo y levantó el objeto que estaba viendo para que él pudiera verlo y le sonrió. Todo en lo que él pensaba era en pasar el resto de su vida con ella. Tomó la mano de Mae, la colocó en su corazón y le dijo: "Realmente necesitaba lo que me dijiste", y susurró: "Gracias".

Se dirigió directamente hacia Suzanne y le preguntó, "¿Dónde has estado toda mi vida?", y ella respondió, "Esperando por ti". Él inhaló y exhaló con un suspiro de alivio. Continuaron de compras tomados de la mano todo el tiempo. El sostener su mano le hizo sentir a Jules lo que no había sentido en un largo tiempo. Había olvidado lo que era amar de nuevo, sentir cada centímetro de su cuerpo excitado, estimulado y electrificado.

Él estaba en un trance. Estaba hipnotizado por ella.

Cuando la gira llegó a su fin, se sentaron, y justo como el guía había dicho, "se entregaron a la magia del momento, mientras Su Majestad el Sol desaparecía bajo el horizonte, dejando las aguas y los cielos del Egeo en llamas".[11, 12]

Lo que el guía no había dicho era que la magia del momento era de ellos, la majestad del sol se había puesto para ellos. Él no pudo resistir la tentación y se volteó para mirarla a los ojos y entonces entendió la mirada profunda y penetrante de la joven pareja en la mesa de la cena. Entonces entendió que era mucho más que solo estar enamorado y hacer el amor. Finalmente ellos eran una persona y supo que no podría vivir sin ella nunca más.

Finalmente habló y le dijo, "Ahora sé lo que significa dejarme sin aliento". Se miraron a los ojos y sintieron que este era su momento, su tiempo —sin aliento.

¿Podía el amor realmente ser tan bueno? "Es indescriptible", dijo Jules. "Siento que no puedo vivir sin ti, no puedo vivir sin mirarte a los ojos y cerrar mis ojos en la noche y saber que estás a mi lado y que cuando despierte en la mañana te encontraré ahí a mi lado".

Todos comenzaron a irse y cuando el conductor del tour anunció que estaban listos para partir, ellos no lo oyeron. Él tuvo que llegar hasta ellos para decirle, "Nos vamos". Fue entonces que todo a su alrededor volvió a la realidad de nuevo. El conductor les decía a todos que se prepararan para el próximo lugar en la gira.

Suzanne se dio cuenta de que siempre había amado a Jules, pero esta vez era diferente. Ella sintió que era el momento oportuno para su relación, y que ella había alcanzado un nivel de confianza que la hacía sentirse muy segura de sí misma. Pero había demasiadas cosas sucediendo al mismo tiempo en su vida. Ella era mayor, más madura, alguien que pronto sería abuela.

Cómo podía haberse enamorado ella ahora, habían pasado demasiados años y ella estaba acostumbrada a estar sola. Sabía que en algún momento de su vida se encontrarían de nuevo, pero nunca de esta manera, y menos sintiéndose ella como se estaba sintiendo. Cómo podría explicarle esto a Laura y qué diría ella. Eran demasiadas cosas en qué pensar en este momento, y siguió repitiéndose a sí misma, "¡Diviértete! ¡Diviértete! ¡Diviértete!".

Cuando regresaron de la gira al barco, él caminó con ella a la

---

[11] *Oia sunset*. (2017). Obtenido de Oia-Santorini: <http://www.oia-santorini. net/oia-santorini-beaches.html>.

[12] *Santorini Oia village*. (2017). Obtenido de in-Santorini: <http://www. insantorini.com/santorini-oia.html>.

habitación de ella, puso su mano en la suya y, moviendo su rostro un poco hacia el lado, sonrió, la besó en la mejilla y susurró: "¿Qué tal si te recojo para cenar en una hora?".

Ella lo miró, inclinó su rostro hacia un lado, abrió los ojos de par en par y susurró: "Estaré esperando".

Ambos estaban vestidos y listos antes de que terminara la hora. Él había hecho reservaciones para cenar en uno de los restaurantes para que pudieran estar solos. Jules insistió en sentarse a su lado y no frente a ella al otro lado de la mesa. Había pedido vino, y juntos ordenaron la cena. Mientras bebían vino, Jules comenzó a preguntarle a Suzanne acerca de sus planes una vez que regresara a casa. Era la primera vez que mencionaba la palabra "plan".

Suzanne dijo que ella y Laura estaban trabajando en varias empresas comerciales. Laura pronto tomaría el mando de la empresa y ella se quedaría como consultora. Jules preguntó si estaba saliendo con alguien en casa y ella dijo: "Bueno, eso depende, ¿por qué quieres saber?", y él dijo: "Yo pregunté primero, no respondas a mi pregunta con otra pregunta".

Suzanne dijo que no era de su incumbencia y comenzó a reír como haciéndose la muy importante y que no estaba disponible.

Jules preguntó si ella podía visualizarlos juntos en el futuro cercano y Suzanne respondió que realmente no había pensado en eso, que estaba divirtiéndose y disfrutando de estar juntos y no había considerado ninguna idea sobre el futuro.

Él le preguntó: "¿Por qué no?", y ella respondió que estar de vacaciones no era vida real, sino diversión. En segundo lugar, ya habían probado y fracasado y se habían separado hace mucho tiempo y las cicatrices habían tardado mucho en sanar.

En tercer lugar, ella no estaba lista para comenzar una nueva relación y tener que cocinar y atender a alguien, y finalmente ella estaba acostumbrada a hacer las cosas a su manera. Dijo que sentía que el rumbo de su futuro cambiaría y ella no estaba preparada para aceptar a alguien en su vida. Que ya no era tan joven como antes. Jules simplemente dijo: "Bueno, ahora sé que no estás con alguien más", levantó las cejas, sacudió la cabeza y sonrió.

Entonces puso sus dedos en la cara de ella tocando cada línea facial y le dijo, "Suzanne eres hermosa, y cada línea facial representa una expresión de ti, una experiencia, cada vez que sonreíste, reíste y lloraste. Cada línea es lo que te hace ser quien eres hoy, las estaciones que han pasado, y la cantidad de momentos que te quitaron el aliento. Tenemos que aprender de los árboles y de las hojas que caen y las flores que se marchitan, y la primavera regresa y florecen nuevamente, es un renacimiento. La vida es continua y no cesa. Algunas personas se marchitan como flores y no florecen de nuevo porque no tienen suficiente amor.

Se cierran hacia adentro de sí y no permiten que nadie entre en su vida, ni le permiten a la vida renovarse y tomar un nuevo curso. Tú eres como el vino fino, te has puesto mejor con los años. Se dice que cuanto más viejo te pones, mejor te ves, y tú estas más bella que nunca".

Suzanne comenzó a decir algo y él puso su dedo en sus labios y dijo: "No digas ni una palabra, solo escucha. Suzanne, la edad es solo un número, quién uno es y cómo se siente es lo que te hizo ser quien eras ayer, y te hace ser quien eres hoy y mañana. La edad no importa, lo importante es lo que sientes en tu mente y en tu corazón. Cuando yo te miro, yo no veo una edad. Veo a una hermosa mujer llena de amor, sabiduría, belleza, armonía y equilibrio que se siente cómoda consigo misma y no pretende ser quien ella no es.

"¡Eres la mujer que yo amo!".

Suzanne no podía creer lo que estaba escuchando, él finalmente dijo las palabras mágicas: "Te amo". Durante los últimos días ella se había preguntado por qué él vino al crucero y ahora se daba cuenta del porqué. Él no la había olvidado, ella todavía tenía un lugar especial en su corazón.

Jules continuó hablando y dijo: "¿No ves que nuestro tiempo es ahora? Somos un hombre y una mujer que hemos vivido, reído y llorado y las experiencias que hemos compartido son lo que nos han traído aquí juntos hoy. No puedo arreglar el pasado, solo puedo tratar de hacer el presente mejor, como tengo la esperanza de que tú lo quisieras ver. Lo que construyamos hoy es lo que florecerá y crecerá mañana. No descartemos esto basándonos en el pasado. Vamos a construir un mañana más feliz, juntos, mirando al pasado solo para ver lo que hemos conseguido y tomar fuerzas para el futuro. Todo lo que sé es que te amo y que nuestra historia no ha terminado, todavía no ha sido escrita. La escribiremos nosotros juntos".

Suzanne dijo, "Jules, he estado aquí sentada escuchando cada palabra que has dicho. Se siente maravilloso el estar aquí contigo. En estos días que hemos estado juntos he conocido a un nuevo Jules, una parte de ti que no había conocido antes. Este Jules está lleno de pasión y revela sus sentimientos de amor y de romance. Mirando al pasado, veo un hombre que ha madurado y ha aprendido a apreciar el amor, es más sabio y desea una nueva oportunidad en el amor. Vamos a disfrutar la vida hoy, y esperar a ver lo que el mañana nos traerá y tiene preparado para nosotros. Si nuestro tiempo es eterno, ya lo sabremos. Con solo vivir el día de hoy, habremos vivido momentos que nunca serán borrados porque los hemos vivido y se han convertido en parte de nuestros recuerdos hoy, mañana y siempre".

Jules escuchó sus palabras y no podía creer cómo había cambiado de la joven que conoció en un bar de Nueva York a la excepcional mujer sentada junto a él. Ella no dejaba de sorprenderlo. "Tengo tantos buenos recuerdos de ti, y recuerdo cómo nos conocimos".

Se quedaron en silencio y Suzanne rompió el silencio y dijo, "¿Recuerdas cómo nos conocimos?". Jules acababa de tomar un sorbo del vino y no pudo evitar escupir algo del vino sobre la mesa cuando ambos comenzaron a reír a carcajadas.

Después de cenar, mientras regresaban a sus habitaciones, él la invitó a ver un espectáculo a bordo. Salieron juntos al show y lo disfrutaron. Era similar a un espectáculo de Las Vegas. Esa noche, cuando caminaron de regreso a sus habitaciones ambos dijeron buenas noches mientras cada uno entraba a su habitación.

Mientras tanto, en la mesa principal el resto del grupo parecían cansados y no estaban hablando mucho. Los padres de Raquel no se unieron a ellos para cenar porque su madre todavía se sentía enferma. Cuando Raquel llegó David no pudo quitar sus ojos de ella. Ella estaba vestida diferente a todas las otras veces que estuvieron en la cena. Ella llevaba un lindo vestido corto con un hermoso diseño, sandalias con tacos semi-altos, y su cabello estaba suelto. Su hermosa piel era como la de una muñeca de porcelana, ojos azules como el océano y cuando caminaba todos los ojos estaban en ella. Mae miró a David y a la joven y le dijo a él que se sentara al lado de Raquel, ya que ella iría al casino.

Cuando Mae se fue, David le dijo a Raquel que se veía hermosa y preguntó si a ella no le importaba que él se sentara a su lado. Ella le respondió preguntándole si su abuela no lo regañaría y él dijo: "No, ella no lo haría; a veces las apariencias pueden ser muy engañosas".

David dijo que el nombre "Raquel" es un nombre bíblico, y que él no podía entender cómo tanta belleza podía existir en una persona. Se sentó al lado de ella y ella se disculpó, avergonzada de su comentario inapropiado. Él respondió que no se preocupara. Raquel le comentó sobre lo impresionada que ella estaba con su conocimiento de la historia griega y quería saber cómo había aprendido tanto sobre Grecia. Él le dijo que su familia era de Grecia y él vacacionaba aquí cada verano. Él también había tomado un curso y aprendió sobre arte, museos, castillos, monasterios y filósofos griegos. Dijo que había otras áreas que no habían visitado que incluían sitios arqueológicos.

Habló sobre la excursión de un día a Santorini, Santa Irene, Stroggylis, Kallisti y Thira. Una tierra que ha sido habitada constantemente desde tiempos prehistóricos. Le dijo que disfrutaba las visitas a Akrotiri, que estaba localizada en el extremo sur de la isla, donde había una impresionante excavación.

El agujero arqueológico desenterró los secretos de la vida cotidiana en la prehistórica civilización de Thira, tan estrechamente relacionada con la minoica, donde el tiempo se detuvo cuando las grandes erupciones volcánicas ocurrieron en el 1600 AC. Cerca del antiguo Akrotiri hay un asentamiento, una aldea de belleza serena coronada por su castillo veneciano. También está el templo dedicado a la Virgen María, la *Panagia Episkopi in Exo Gonia*. Fue construido en el siglo XI por Alexios I'Komninos, y es un importante monumento meso-bizantino.

Ellos también visitaron la Antigua Thira en Kamari / Mesa Vouno. La ciudad de los tiempos históricos, Santorini, una fortaleza construida a una altura de 385 m., que fue fundada en el siglo IX AC por los Dorios, y pueden encontrarse huellas de que estaba habitada desde la época bizantina.[13]

Mencionó el Museo de la Thira Prehistórica en Fira. El museo es el hogar de murales de Akrotiri y hallazgos de figuras o artes móviles así como utensilios de otras áreas que se remontan a los tiempos Neolíticos. Le habló sobre la región de la vinatería. La composición única del suelo de la tierra de Santorini, un verdadero regalo volcánico, combinado con las condiciones microclimáticas de baja precipitación pero con alta humedad, son el lienzo sobre el cual las variedades de vides locales como Asyrtiko, Nyhteri y Vinsanto pueden expresar sus mejores cualidades.

Raquel estaba realmente impresionada por todo su conocimiento y no pensaba mal de él y Mae. David habló y habló contando que Santorini consiste de formaciones rocosas enteramente volcánicas y la invitó a la playa de Preveli al día siguiente. Le contó sobre las diferentes playas, la Playa Negra, en Kamari, vigilada por una enorme roca, que es como en un cuento de hadas de arena negra desplegándose. Su belleza salvaje captura el ojo, en perfecto contraste con la paz y la amplitud del horizonte oriental. Según uno se mueve al sur a lo largo de la costa, se llega a Perissa, donde late el corazón del intenso ritmo de la vida en la playa, con muchas actividades, bares de playa y restaurantes para escoger.[14]

David habló sobre las diferentes playas que no habían visitado y describió cada una. La Playa Roja era una magnífica formación geológica, una bahía arenosa rojo brillante abrazada por enormes rocas volcánicas, ubicadas en Akrotiri, que están destinadas a fascinar a cualquiera. La Playa Blanca, dijo, era accesible en barco saliendo de Akrotiri. "Una belleza natural incomparable como tú —le dijo a Raquel—, donde las formaciones de rocas blancas que parecen de hielo con tonos azul pálido, como tus ojos, reflejan la luz invitándote a sumergirte en el Paraíso".[15]

Al final del atardecer habían hablado sobre toda Grecia, y finalmente Mae había venido a buscar a David. Raquel le dijo que su abuela

---

[13] *Prehistoric Thera Museum - Fira Santorini*. (2017). Obtenido de fira-santorini: <http://www.fira-santorini.com/prehistoric-thera-museum.html>.

[14] *Santorini beaches*. (2017). Retrieved from in-santorini: <http://www.insantorini. com/santorini_beach.html>.

[15] *Santorini beaches*. (2017). Retrieved from in-santorini: <http://www.insantorini. com/santorini_beach.html>.

había venido a recogerlo para meterlo a la cama. Él no apreció su comentario. Se excusó y simplemente dijo: "El deber llama". Ella nuevamente se odió por hacer un comentario tan estúpido. Él era fascinante y ella disfrutaba de su compañía y conversación.

Mae se dio cuenta de lo que estaba pasando y se quedó unos minutos.

Le preguntó a Raquel si David le había dicho que era estudiante de medicina y su asistente personal. Mae no era alguien a quien le gustara dar explicaciones o satisfacer la curiosidad de nadie, pero sintió que era crucial para defender a David. "Raquel, él me está acompañando mientras espera los resultados de su examen de medicina. No puedo viajar sola y él me ayuda con mis medicamentos".

Raquel respondió que él no había dicho nada sobre sí mismo o sobre Mae. Mae le dijo: "Es un caballero, y un caballero nunca dice nada". Pero no lo subestimes". Le guiñó un ojo a Raquel y se alejó.

Esa noche, después de la cena, Jules y Suzanne regresaron a sus camarotes. Él le puso un brazalete que había comprado para ella en una caja y se lo envió con uno de los botones. Suzanne le envió una nota que decía: "Gracias, por el regalo, es hermoso". Le envió entonces un ramo de rosas rojas, pensando que seguramente ella vendría a su habitación, pero ella envió otra nota dándole las gracias por las rosas. Él esperó y ella no vino. Esa noche ambos estaban inquietos.

Jules salió de su habitación y fue al casino y Suzanne salió de su habitación y se sentó bajo las estrellas en una de las sillas lounge de la cubierta. Cuando Jules salió del casino, también salió a cubierta y vio a Suzanne y le preguntó si el asiento al lado de ella estaba ocupado. Ella dijo: "Bueno, están todos disponibles, excepto este, que está reservado para un hombre que conocí".

Jules dijo: "Bueno, debe ser un tipo muy afortunado de sentarse al lado de una mujer tan hermosa como tú".

Se recostó a su lado para mirar las estrellas y el reluciente y centelleante mar con el reflejo de la luna llena. Era una noche hermosa con el silencio del océano, la brisa suave de una noche tranquila de verano, en una esquina de la Tierra. Todo lo que se podía escuchar era el movimiento del barco al cortar las olas en su movimiento por el océano. Estaban allí solos en medio del gran océano y no había ni un alma cerca para presenciar su romance.

Se miraron el uno al otro y sonrieron, y mientras él se inclinaba para besarla, de repente comenzó a llover fuertemente, y cuando se levantaron para irse, encontraron la puerta que conducía al interior cerrada y tuvieron que buscar otra entrada. Mientras corrían, Jules agarró a Suzanne por el brazo la miró intensamente y la atrajo contra su cuerpo y la besó. Ella le devolvió el beso y él le dijo: "Nunca debí haberte dejado ir. Yo siempre te he necesitado", y ella lo miró y dijo: "Entonces,

¿por qué no viniste a buscarme, por qué no viniste y me dijiste que me amabas, por qué me privaste de tu amor por tanto tiempo? Ni siquiera digas que me amas, me estás mintiendo y no quiero que me vuelvas a lastimar. Pensé que te había sacado de aquí", y tocó su corazón con la palma de su mano.

Ella continuó, "Me tomó años superar mi recuerdo de ti y de repente regresas a mi vida como si nos hubiéramos dejado ayer y esperas que empiece a amarte de nuevo. No puedes esperar que reaccione como si no hubiéramos estado separados por 25 años".

"Suzanne, no quiero que empieces a amarme otra vez, quiero que busques profundamente en tu corazón y encuentres el amor que compartimos. Yo lo encontré, está aquí y te amo más que nunca. Mil años podrían habernos separado y nuestro amor habría sobrevivido". Una lágrima baja por su mejilla mientras le dice, "Te amo, siempre te he amado. Déjame ser ese hombre en tu vida que creíste haber perdido. Dame una oportunidad, incluso si sientes que ya me diste una oportunidad y perdiste. Por favor, Suzanne, no luches contra tus sentimientos, el amor nunca se fue, no me dejes", y la tomó en sus brazos y la besó romántica y apasionadamente. La lluvia todavía estaba cayendo sobre ellos y él le dice: "El dolor de perderte otra vez es insoportable".

Suzanne le dice: "No quiero amarte, me duele amarte y no quiero el dolor, la angustia después de cada encuentro. Parte de mí grita pidiendo que me abraces y nunca me dejes ir y una parte de mí tiene miedo de ser herida. ¿No entiendes que es doloroso amarte? Por favor déjame, no comiences lo que sabes que no puedes terminar. Jules por favor, solo vete".

"Por favor, no te rindas, camina conmigo, corre conmigo. No es demasiado tarde, podemos hacer esto juntos".

"No puedo ayudarte, debes hacer esto por tu cuenta, y necesitas saber qué es lo que quieres. No puedo guiarte. Esperé a que llegaras y no lo hiciste, nunca regresaste a mí".

"Lo sé, no sabía cómo. Todo lo que sé es que no quiero perderte otra vez".

Permanecieron ahí en la lluvia mirándose uno al otro y se abrazaron y besaron apasionadamente.

Jules dijo, "No puedo dejarte, te necesito, te amo. No sabía cómo decirte que te amaba. Tenía miedo de que me dieras la espalda algún día. Conozco tu dolor, yo lo he sentido. Nunca supe cómo buscarte y decirte 'Regresa'. Lo siento, perdóname. Es que no soy tan fuerte, ayúdame y quédate. No voy a dejar que te vayas", y sostuvo su cara y miró a sus ojos oscuros. Cuando te fuiste la primera vez, tuve miedo, tenía más miedo de no ser yo mismo, de no tener autocontrol. Tú me controlabas con tu amor. Fue demasiado para mí, preferí dejar que te fueras por miedo a que si te amaba demasiado algún día me dejarías.

Cuando te encontré de nuevo, me he dado cuenta de que el amor superaba por mucho el miedo, ahora soy lo suficientemente fuerte como para enfrentar mis miedos. Nunca he amado a alguien como te amo a ti. Me quitas el aliento, ¿me rescatarías?".

Suzanne respiró profundamente y dijo: "Nunca has dejado mi corazón, fue difícil para mí lograr que no se notaran mis sentimientos, mi rendición a ti. Yo también tengo miedo de que nos dejemos nuevamente. Fue muy doloroso para mí y no puedo pasar por esto una segunda vez. No sobreviviría. Yo siempre te he amado. Intentaba ser fuerte haciéndote a un lado sin derramar una lágrima cuando estabas cerca de mí".

Jules la besó y dijo: "Tu amor me enloquece. Quiero que te despiertes a mi lado todas las mañanas, quiero sentir tu cuerpo junto al mío y quiero que nos sintamos como si fuéramos uno solo. Quiero mirarte a los ojos todas las mañanas y disfrutar de tu presencia. ¿Es mucho pedir? ¿Es que no hay suficiente amor? Quiero moverte el tapete, hacer que te enamores ciegamente de mí y decirte cada día que me haces un ser completo".

Suzanne intentó apartarlo y él dijo: "Suzanne, no te alejes de mí. Me doy cuenta de que debería haberte retenido, podríamos haber tenido hijos y nietos juntos, tuyos y míos, nuestros. Todo lo que tengo que para mostrar en mi vida son mis bienes materiales, sin familia ni amigos. Debería haber continuado la vida que empezamos juntos, pero me entró el pánico. Tú tienes la hija que podría haber sido nuestra. Ojalá no nos hubiéramos separado el uno del otro. Démosle al 'nosotros' un intento".

Mientras hablaba, él no la soltó, tocaba su pelo, su cara y sus brazos mojados. Él la tomó por los hombros y la abrazó. Estaba aferrándose a ella. Ambos estaban empapados y él no quería dejarla ir y le sostuvo la cara y la besó una y otra vez. Finalmente comenzaron a caminar juntos y encontraron una entrada y tomados de las manos, se dirigieron de regreso a sus habitaciones. Ella fue a su habitación y cuando él intentó seguirla, ella dijo: "Buenas noches, Jules, nos veremos por la mañana", y cerró la puerta detrás de sí. Jules regresó a su habitación frustrado y enojado, pero no se daría por vencido. Mañana será otro día.

Suzanne estaba irremediablemente enamorada de él otra vez. ¿Cómo podía haberlo rechazado? Ya ella había discutido sus sentimientos con Mae y decidido aceptarlo. La confundía el seguir yendo para atrás y adelante sin rumbo definido y con tantas incertidumbres.

La drenaba emocionalmente y la enfermaba. Estaba desconsolada por lo que acababa de pasar entre ellos y porque ella no le había dicho la verdad sobre lo que sucedió cuando se separaron hace 25 años. Lágrimas bajaban por sus mejillas en su desesperación. ¡Ella nunca habría pensado en encontrarlo o que él la encontrara ahora! Había pasado tanto tiempo. No era difícil de explicar lo que le había pasado. Ella sabía que lo amaba, pero todavía estaba esa nube oscura en su mente que no dejaba de recordarle que tuviera cuidado y no volviera a dirigirse hacia el dolor.

Intentó llamar a Mae, pero David dijo que ella estaba durmiendo. David se dio cuenta de cuán desesperada estaba y le dijo: "Voy para allá".

Cuando llegó, Suzanne estaba llorando todavía. David preguntó qué había sucedido y ella le dijo que no podía decirle a Jules cuánto lo amaba todavía y sobre Laura. ¿Cómo podría revelar ahora...? David la interrumpió y dijo: "Lo sé, pero debes decirle la verdad.

"Simplemente no puedes comenzar esta relación después de tantos años sin que él conozca el pasado".

Suzanne se calmó después de un rato y le dijo a David, "No puedo decirle, no me atrevo".

David dijo: "La verdad duele, pero si él te ama realmente, él entenderá lo que tú y Laura intentaron decirle".

Suzanne dijo: "¡No! Primero necesito saber si realmente quiere estar conmigo o si sus sentimientos terminarán cuando el crucero termine".

Jules regresaba del bar con una bebida en la mano. Estaba inquieto y no podía dormir. Toda la noche seguía pensando en lo que había sucedido cuando la sostuvo en sus brazos. Ella le había devuelto el beso, no podía negar los sentimientos que sentía por él. Ahora era su turno de ayudarla a enfrentar sus miedos del pasado, presente y futuro.

Cuando David abrió la puerta para irse, Jules miró a David con enojo y exigió saber, "¿Por qué estás saliendo de la habitación de Suzanne a estas horas?".

David lo miró y simplemente dijo: "Sugiero que no te pongas a pensar en lo que crees que acaba de pasar o lo que sea que estás imaginando y simplemente dedica tu atención a una mujer que te ama, está confundida y no sabe cómo interpretar sus sentimientos. Ustedes tienen una historia juntos, eventos que ambos compartieron y situaciones que los han unido para toda la vida y a las que estás ajeno".

Era hora de que él supiera, pero no era responsabilidad de David el decirle nada.

Jules tocó a la puerta de Suzanne y cuando ella abrió la puerta pensando que era David, ella dijo: "¡No digas ni una palabra!".

Él respondió: "No diré nada". Cuando ella vio que era Jules, caminaron uno hacia el otro, se abrazaron y ella susurró: "Te amo". Este momento era de ellos. Entonces él se fue a su habitación y ella pronto se quedó dormida.

CAPÍTULO SIETE

DÍA 5 – MARTES: CRETA

E staban ansiosamente esperando la mañana para verse el uno al otro. La noche anterior ciertamente fue especial, ella finalmente había revelado sus sentimientos. Él tocó a su puerta y le preguntó si estaba lista para el desayuno y ella abrió la puerta con una gran sonrisa y dijo: "Estoy lista". Una nueva aventura les esperaba en la gira por tierra. El plan del día era visitar Creta para ir a bucear o visitar los sitios. Había una experiencia de buceo que era un curso de un día para todos y no se requería experiencia de buceo previa.

Los recién casados, Andy e Isabel, querían ir a bucear con David y Raquel, pero la madre de ella no lo permitió. David acompañó a Raquel. Su madre todavía estaba mareada y no se había recuperado. Raquel lamentaba que su madre estuviera enferma, pero estaba feliz con el tiempo que estaba pasando con David.

Suzanne no estaba interesada en el buceo, quería explorar Creta en una aventura extrema de safari todo terreno en Land Rover. Ella nunca haría eso en casa, pero se sintió aventurera. El tour incluía impresionantes desfiladeros y mesetas accesibles solo en vehículos con tracción en las cuatro ruedas, pasando por aldeas remotas, y una parada para un refrescante chapuzón en la playa de Preveli. Una vez fuera de la carretera, y ya en la tierra salvaje del sudoeste de Creta, este safari estaba lleno de hermosos paisajes, imponentes montañas y playas remotas. El conductor hacía camino por el difícil terreno, llevando al grupo a lugares que parecían inaccesibles para otros vehículos, mientras que el guía turístico hablaba sobre la cultura de Creta.[16]

El día comenzó con un paseo a través de la jungla, hasta las alturas más altas, donde pudieron ver los magníficos desfiladeros. Había buitres y águilas en lo alto y pasaron por pequeñas aldeas tradicionales llenas

---

[16] Guide, G.Y. (2017). *Crete: Jeep Safari*. Obtenido de <https://www.getyourguide.com/heraklion-l1806/crete-jeep-safari-to-preveli-beacht57797/?referrer_view_id=277890bc0a81cb99e11d89135be23698&referrer_view_position=5>.

de carácter e hicieron una breve parada para tomar café en una aldea remota de la montaña.

De vuelta en el vehículo, condujeron a través de las montañas hasta la aldea de Spili, famosa por su agua de manantial. Localizada bajo la sombra de Monte Vorizi, la aldea tiene una fuente veneciana con una fila de más de 25 cabezas de leones que suministran agua fría de la montaña durante todo el año.

Caminaron por las pequeñas tiendas que vendían souvenirs hechos a mano y artesanías tradicionales. Suzanne tomó bellas fotos y compró pulseras para Laura y joyas que sabía que le encantarían, y ropa para ella y su nieto por nacer.[17]

El viaje de la tarde conducía por caminos de tierra, llenos de baches a través de más aldeas, donde el tiempo se había detenido. Pasando a Kerame, disfrutaron vistas panorámicas de la costa sur de Creta y el Mar de Libia. Las vistas eran tan hermosas que todo lo que se podía escuchar era el clic de las cámaras. Las personas tomaban selfies de ellos solos o con sus familiares teniendo de fondo las vistas panorámicas. La vista era tan hermosa que querían permanecer varados en esta isla. Cuando llegaron a la playa de Preveli se detuvieron a nadar para lavarse la tierra y el polvo. Preveli es una de las playas más bellas de Creta, y fue elegida por Bacardi como una locación ideal para sus anuncios de televisión. La playa estaba adornada con altas palmeras y cristalinas aguas costeras; era la única playa en Creta donde se puede nadar en agua fría de la montaña o del océano en el mismo lugar.[18]

Caminaron de regreso y se detuvieron para una comida tradicional cretense con vino. Después del almuerzo siguieron conduciendo a las montañas en búsqueda de más vívidos paisajes y más fotos mientras se desplazaban a través del impresionante Desfiladero de Kroustaliotico. Suzanne y Jules estaban internalizando las vistas. Era tan romántico el estar disfrutando de esta gira juntos. Le estaban mostrando su amor a todos. Incluso Andy e Isabel comentaron qué lindos y enamorados se veían durante el almuerzo. Andy dijo que cuando fuera mayor quería mirar a Isabel de la misma manera en que Jules estaba mirando a Suzanne. Todos en la gira permanecían en silencio y observaban cómo los dos se veían tan románticos; podían sentir que su amor se extendía como una ola en el océano. Su amor era contagioso.

Mientras se dirigían hacia el muelle, estaban en la cima de una montaña y había una magnífica vista de la ciudad de Rethymno. El grupo estuvo de acuerdo en que esta era una de las giras más hermosas que

---

[17] Ibíd.
[18] Crete, S.C. (2016). *Prevei route - Safari club Crete*. Obtenido de <https://safariclub.gr/product/preveli-route/>.

habían realizado. También coincidieron que conducir por caminos de tierra y caminos llenos de baches era una tremenda aventura.

Cuando llegaron al barco, Suzanne corrió a su habitación para prepararse para la noche. Se vistió exquisitamente para la cena. Quería verse hermosa porque Jules la hacía sentir joven, viva, y estaba disfrutando su compañía como en el pasado. Esta vez era diferente, la sensación era diferente.

Las palabras de ánimo de David la ayudaron a deshacerse de los pensamientos negativos que estaba experimentando y las palabras de Jules la hacían sentir que estaba caminando en el aire. Tenía un mayor grado de confianza en sí misma, lo que había perdido cuando se separaron por la falta de compromiso de él. Suzanne trató de hablar con él sobre el pasado, pero evitó cualquier conversación triste que pudiera alejarlos del modo amoroso que estaban disfrutando.

Durante la cena, Mae estaba muy filosófica y comenzó a distinguir la diferencia entre el amor y la confianza. Dijo que ambos van de la mano. Explicó que puedes amar a alguien porque nuestros corazones nunca dejan de amar. El amor puede resistir todas las pruebas y tribulaciones.

Pero la confianza es diferente y no depende del amor. La confianza en una relación es el tener fe, la lealtad, la fidelidad; es un juramento, una promesa. Cuando se pierde la confianza, todo se pierde porque la confianza y el amor van de la mano, y cuando se destruye, las relaciones se desmoronan y mueren.

El amor es la promesa en los votos matrimoniales de "tenerte y protegerte, de este día en adelante, para bien o para mal, en la riqueza o en la pobreza, en enfermedad o en salud, hasta que la muerte nos separe". El voto es de amor, confianza, preocupación y apoyo mutuos. Uno espera que quien amas siempre estará ahí para ti y cuando no está, o el amor es amenazado o destruido, la confianza pierde su fuerza. Mae dijo: "No estuve allí para nutrir la mayoría de mis relaciones amorosas cuando era más joven y ahora me doy cuenta de lo importante que era estar allí y ser un apoyo. Porque yo amaba, lo di todo por sentado, y perdí porque yo…, bueno, supongo que es esa época del mes cuando me pongo triste".

Todos se preguntaban qué le pasaba a Mae esa tarde y las parejas pensaron acerca de lo que ella había dicho. Nunca habían pensado en ello, pero estuvieron de acuerdo en que tenía sentido.

David dio un ejemplo de cómo una pareja puede perder la confianza pero no el amor. Dijo: "Si uno de ellos es infiel al otro, y se perdona la infidelidad y permanecen juntos, el amor sigue ahí, pero la confianza está perdida. Cuando escuchas la expresión: 'Perdono, pero no olvido', es el amor lo que perdona, pero la confianza traicionada nunca olvida".

Suzanne le dijo a Jules en voz baja que la pérdida de confianza existía porque, como ella le había dicho la noche anterior, él nunca regresó por ella.

Jules respondió que no era cierto, que el sí regresó e intentó ponerse en contacto con ella pero ella estaba desaparecida.

Esa conversación no iba bien y Jules comenzó a hablar sobre las hermosas vistas panorámicas en Creta. Él tomó su mano y le dijo, "Vamos a olvidar el pasado y mirar solo hacia el futuro y lo que hemos encontrado en el otro".

Dijo que estaba muy feliz de estar allí con ella y haber tenido la oportunidad de ir juntos a Creta. Estaban viviendo y creando una historia de amor según pasaba el tiempo. Nunca pudieron haber imaginado lo hermoso que era estar juntos y disfrutar la compañía del otro.

Más tarde, caminaron juntos a sus habitaciones y Suzanne dijo buenas noches. Él la besó y se detuvo para ver si ella lo invitaba a entrar. Se acercó a ella y puso la mano de ella en su corazón y le dijo: "Esta pieza de mi maquinaria está bailando, brincando y regocijándose por ti. No vi esto venir, me has hecho volver a la vida y mi esperanza para el futuro es despertar en la mañana solo para verte y estar contigo. Es difícil respirar sin ti. Sé que tú sientes lo mismo. Tengo la sensación de que nuestros sentimientos son mutuos".

Suzanne cerró los ojos y dijo: "Lo sé, lo sé".

Entró a su habitación, se mordió el labio y cerró la puerta detrás de sí. Él caminó a su camarote y miró hacia atrás para ver si ella abría la puerta, pero ella no lo hizo.

Más tarde esa noche él le envió un regalo diferente con una nota agradeciéndole por el maravilloso día que pasaron juntos. Le envió un collar de oro con un medallón en forma de corazón y una llave en una pequeña caja. Cuando ella vio el regalo, puso su mano en su cara, se sonrojó, tocó sus labios y sonrió. Su corazón latía con fuerza y quería verlo. Estaba sin aliento. Cerró los ojos y comenzó a caminar hacia la puerta cuando escuchó que llamaban a la puerta. Se sintió paralizada y cerró los ojos. Sabía que era él parado detrás de la puerta. ¿Qué diría ella, qué estaba esperando él?

El tocó por segunda vez y comenzó a hablar detrás de la puerta y le dijo, "Sé que estás ahí, sé que puedes oírme. Sé que sientes tanto miedo como yo. No es demasiado tarde, démonos una oportunidad.

"No sé lo que sucederá mañana o el día siguiente, todo lo que sé es que hoy te quiero más que nunca. Quiero gritarlo a los cuatro vientos", y ella abrió la puerta y él continuó hablando y dijo: "Te amo, fui un estúpido al dejarte ir. Lo único que sé es que te amo, hoy, mañana y por siempre. Sé que sientes lo mismo. Puedo sentirlo en mi corazón y puedo verlo en tus ojos". Finalmente dijo, "Suzanne, yo tengo miedo también, podemos hacer esto juntos".

Suzanne tenía lágrimas en sus ojos y mientras estaba parada allí, él caminó hacia ella y cuando ella comenzó a decir algo y él puso su dedo en sus labios, echó su cabello hacia un lado y besó su cuello y su hombro, y lentamente fue moviéndose a sus mejillas, sus ojos y su boca. Mientras, fue soltando lentamente el cinturón de su bata hasta que cayó al suelo, y se acostaron juntos e hicieron el amor. Después de un rato, ella tenía su cabeza en el brazo de él y ambos comenzaron a hablar al mismo tiempo.

Él preguntó: "Suzanne, ¿qué pasó con nosotros? Me siento tan completo contigo. No quiero dejarte ir nunca". Se sentó y dijo: "No estás casada, ¿verdad?". Ella se rió y dijo: "¡Noooo!, Jules, no lo estoy, ¿y tú?". "¡No!".

Esa noche hicieron el amor otra vez, como si nunca fueran a verse otra vez. No hablaron, solo se oía el sonido del viento y el océano. Él le dijo a ella, "No me había dado cuenta lo mucho que te amaba y todavía te amo más que nunca, y esta vez no quiero perderte. Quiero que permanezcamos juntos".

Ella simplemente sonrió y dijo: "Después de todos estos años, Jules, no sé qué poder nos ha unido".

Esa noche se quedaron despiertos y hablaron, y él le preguntó acerca del padre de Laura.

Le contó lo que Layla le había dicho sobre él y ella dijo que eso no era exactamente lo que había pasado. Él no se había escapado con su asistente.

Suzanne comenzó a contarle sobre la relación de ellos y cómo lo había conocido. Él estaba tomando varias clases en la universidad cuando se conocieron y comenzaron a pasar tiempo juntos revisando notas de clase y estudiando para los exámenes. Él era brillante y le explicaba y la ayudaba a entender y a aplicar los diferentes conceptos.

Empezaron a salir, y después ella descubrió que él estaba muy enfermo. Él no había hablado con su padre durante muchos años y lo culpaba por la muerte de su madre. Cuando se enfermó, perdonó a su padre y le habló sobre su enfermedad. Después de eso, su padre nunca se apartó de su lado, había perdido a su esposa y ahora también iba a perder a su único hijo.

"Su padre quería que su hijo fuera feliz y propuso que deberíamos casarnos. Me sorprendió, pero Michael pensó que sería una buena idea y acepté, porque teníamos que criar a Laura. El padre quería darle a Michael toda la felicidad que pudiera mientras todavía estaba vivo. Yo acompañé a Michael a lo largo de sus enfermedades, hospitalizaciones, recuperación y cuidado.

"En algún momento yo había dejado la escuela para cuidar a Michael y él no estaba feliz con mi decisión.

"Era una persona tan buena que yo quería asegurarme de que sus últimos años fueran pacíficos y felices. Estuvo en remisión por unos cinco años y continuamos nuestros estudios y después de la graduación su padre nos ayudó a abrir un negocio.

"Después de aproximadamente un año volvió a enfermarse y él no quería abrumarme porque yo renunciara a mi trabajo para cuidarlo. Decidió escaparse con mi asistente para que me enojara con él y no dejara mi trabajo. Más tarde me di cuenta de que era un plan para que yo no me atrasara en nuestro negocio y que no lo extrañara terriblemente cuando falleciera. Cuando él murió, recibí su herencia, lo que fue una completa sorpresa para mí. Yo tenía algunos fondos que había ahorrado a través de los años y entonces comencé a seguir todas tus inversiones, y compraba acciones donde tú invertías, y me convertí en una mujer muy rica. Continué abriendo otras compañías de contabilidad. Mi suegro tenía muy buenos amigos con grandes corporaciones y comenzaron a darme algunos de sus negocios. La compañía continuó creciendo y finalmente nos fusionamos con otras compañías más pequeñas.

"Mi hija continuó sus estudios y siguió los pasos de su padre".

De repente se detuvo y no pudo continuar la conversación. Ella lo miró, deseosa de contarle el resto de la historia, pero tenía miedo.

"Jules, sé que es tarde, pero tengo que hablarte sobre Laura y nuestra compañía".

Cuando ella comenzó a hablarle a Jules, él se quedó dormido y ella no pudo continuar la conversación. Se quedó despierta un rato, pensando cuán difícil sería esta conversación y pronto se quedó dormida en sus brazos.

La mañana siguiente ordenaron el desayuno, y mientras esperaban él fue a su habitación a buscar algo de ropa y se miró en el espejo, miró hacia abajo y dijo: "¡Qué semental!". Entonces levantó sus brazos como un fisiculturista y torció y giró su cuerpo mostrando su físico. "¡Wow, chico, todavía lo tienes!".

Suzanne todavía estaba acostada en la cama boca arriba con el pelo extendido sobre su almohada y pensando en la noche y lo que acababa de pasar. Estaba riéndose sola y se cubrió la cara con las sábanas queriendo esconderse. Estaba definitivamente enamorada de nuevo. Tomó una ducha rápida y se vistió para la gira. Cuando él regresó, desayunaron y terminaron ambos tendidos mirando hacia el techo. Él le dijo a Suzanne que necesitaba algunas pastillas de energía para poder sobrevivir los próximos dos días en el barco.

Suzanne le respondió: "Acabamos de comenzar", y saltó encima de él y se rió y dijo: "Estamos recuperando 25 años de tiempo perdido". Ambos se rieron.

Se sentía tan bien el estar riéndose y solo ser ella misma con un viejo amigo.

CAPÍTULO OCHO

DÍA 6 – MIÉRCOLES: RODAS Y SYMI

*D*espués del desayuno, salieron juntos para ir de gira a Rodas. Habían escuchado cosas tan maravillosas sobre la isla, pero aún no estaban decididos si se unirían al grupo para el viaje a Symi por la tarde.

Cuando llegaron al bote, Mae, con su habitual y audaz personalidad, preguntó qué les había pasado en la mañana, ya que no llegaron al desayuno. Suzanne respondió que tenían gripe.

Mae se rió a carcajadas y dijo: "¿La gripe? ¡Qué nuevo e interesante nombre! ¿Así es como lo llaman ahora? Tendré que usar eso en algún momento". Continuó haciendo preguntas y dijo: "¿Bueno, los dos tenían la gripe? ¿O era solo uno de ustedes? ¿Llamaron a un doctor?".

Suzanne y Jules permanecieron en silencio, se miraron y solo se rieron. El resto del grupo que escuchó la conversación estaban tratando de controlar su risa y después de unos segundos todos explotaron en risa.

Todo lo que Mae pudo decir fue, "¡Hummff!".

La gira comenzó con un hermoso recorrido a lo largo de la costa este de Rodas, dirigiéndose a un pueblo llamado Lindos. Después de llegar a Lindos, tuvieron la oportunidad de tomar un burro taxi hasta la Acrópolis de Lindos. Ellos nunca habían tomado un burro taxi y los niños en la gira estaban muy emocionados y todos querían tomar el primer viaje. Luego, tuvieron tiempo libre para comprar en las tiendas de la aldea.[19]

Acrópolis estaba preciosa con la vista más hermosa e impresionante. Durante esta gira él había comprado una mariposa y había planeado comprarle un anillo que vio en el barco, y poner el anillo en una caja dentro de la mariposa para dárselo a ella. Iba a pedirle a Suzanne que se casara con él. No quería perderla esta vez y no quería estar sin ella. Después de pensarlo mucho decidió esperar hasta que llegaran para hacer la pregunta.

---

[19] *Lindos*. (2017). Obtenido de The most common form of transportation is the Donkey!: <http://www.lindoseye.com/transport.htm>.

Habían decidido no unirse al grupo que iba a ir a Symi. David comenzó a leer la información sobre la isla hasta que llegó el guía de su recorrido.

Dijo que la isla es una de las islas del sur de la costa oeste de Turquía. Es una pequeña isla justo al norte de Rodas y es un destino popular por su pintoresco puerto y el Monasterio Panormitis.[20]

Symi fue una vez famosa por su construcción de barcos de madera y por sus esponjas; ahora depende casi por completo del turismo. Los árboles han desaparecido de gran parte de la isla y las esponjas se han desvanecido de sus aguas. Symi es una pequeña isla con una población concentrada en el complejo portuario de Gialos donde docenas de lanchas amarran diariamente. Caminos pavimentados conducen a unas pocas de las playas y el resto de la isla se entrelaza con caminos de tierra y veredas para mulas. Los botes taxis ofrecen servicios a las playas más remotas, de lo contrario solo se puede llegar haciendo una caminata por las colinas.[21]

Para este día todos en su grupo ya estaban hablando entre ellos, compartiendo fotos y tomando fotos grupales. Isabel tomó fotos de todo. Ella se había convertido en la fotógrafa del grupo. La gira terminó tarde esa noche. Cuando llegaron al barco, todos se dispersaron y fueron a sus habitaciones o a tomar un bocadillo tarde en la noche.

Esa noche, después de la cena, Suzanne y Jules fueron a la habitación de él y durmieron juntos y despertaron mirándose a los ojos. Él le dijo a ella, "Cada vez que miro tus ojos me pierdo en tus ojos y muchas frases románticas vienen a mi mente que te quiero decir. Quiero verme en tu reflejo y quiero que cierres tus ojos y grabes mi presencia y mi amor en tus ojos, y aquí, —señalando al corazón de ella— y aquí —señalando a su cabeza. Porque estás aquí —señalando a su propio corazón— y aquí —señalando a su cabeza. Ahora sé la sensación y entiendo cada poema de amor que se haya escrito alguna vez. Gracias, Suzanne, por estar en mi vida y por dejarme sentir lo que nunca he sentido antes. Ningún hombre debería morir sin haber tenido su corazón regocijándose y bailando al ritmo del amor".

Mientras se miraban, él atrajo la mano de ella hacia su cara y besó su mano y ella comenzó a tocar el lado de cabeza de él y su pelo, y tocó sus labios. Mientras ella tocaba sus labios con su mano sus labios se separaron mientras seguían mirándose. Ambos sabían qué quería el uno del otro y él la atrajo hacia él e hicieron el amor y se quedaron dormidos abrazados.

---

[20] *Panormitis Monastery.* (2017). Obtenido de The Greek Island Specialist: <http://www.greeka.com/dodecanese/simi/simi-churches/panormitismonastery. htm>.

[21] *Simi History.* (2017). Obtenido de The Greek Island Specialist: <http://www.greeka.com/dodecanese/simi/simi-history.htm>.

CAPÍTULO NUEVE

DÍA 7 - JUEVES: CHIOS Y MYKONOS

*S*e levantaron temprano y querían ir a este viaje. Era su última visita antes de regresar a casa a la mañana siguiente. Había una gira por la mañana y otra tarde en el día.

Después del desayuno, se unieron al grupo en la gira a Chios. El guía dio una sesión informativa y dijo que la isla vive del turismo hasta cierta medida, pero que no es su principal fuente de ingresos. Uno de los recursos importantes es la masilla, resina de la cual se hace la goma de mascar, y otros viven de la pesca, la agricultura o el trabajo en los buques.[1]

De acuerdo con la historia griega de Chios, aquí es donde nació Homero y vivió en algún momento alrededor del siglo VIII A.C. Por supuesto, hay muchas más islas que afirman lo mismo, y ya que ni siquiera se sabe si él era una persona real, la especulación es un poco en vano. Hay una piedra en la isla llamada piedra de Homero (Petra Omirou), donde el poeta se sentó y trabajó, de acuerdo con aquellos que creen que era de aquí.[2]

El nombre de la isla proviene de la palabra griega para nieve, 'Chioni', ya que el dios patrón de la isla, Poseidón, nació bajo una nevada.

Durante los años antiguos, la isla era bastante rica debido a su resina para goma de mascar y el vino, y este fue también el primer lugar en Grecia donde tenían esclavitud. Chios luchó junto a Atenas contra los persas en el siglo V A.C., y luego fue regida por los macedonios, romanos, venecianos y turcos. Fue durante la dominación turca que la isla sufrió una de las peores masacres en Grecia. Ya que la isla se había visto obligada a rebelarse, los turcos la castigaron dando un ejemplo, matando a 25,000 y esclavizando al resto. Esta brutal destrucción de la

---

[1]   *Chios Mastic*. (2017). Obtenido de The Greek Islands Specialist: <http://www.greeka.com/eastern_aegean/chios/chios-products/chios-mas>.

[2]   *Chios*. (2017). Obtenido de in2greece: <http://www.in2greece.com/english/places/summer/islands/chios.htm>.

isla conmovió a muchas personalidades europeas de la literatura y el arte como Víctor Hugo y Eugene Delacroix, quien pintó el famoso cuadro de la masacre de Chios que ahora está en el Museo del Louvre en París.[3]

La gira en Mykonos fue a pie, y hubo tiempo para explorar las calles de la isla más fabulosa del Egeo y experimentar la verdadera belleza de Mykonos. Continuaron la gira vespertina con sus amigos.

Para ese tiempo Andy e Isabel eran ya amigos de David y Raquel, y habían planeado seguir compartiendo juntos. Raquel estaba interesada en saber más sobre Suzanne y Jules, le fascinaba ver cómo estaban profundamente enamorados el uno del otro y se preguntaba si se habían conocido antes. Los tres miraron a David, porque él la conocía a ella, y todo lo que él dijo fue que sí, se habían conocido antes.

Suzanne y Jules fueron a la gira. Parecía como si hubieran estado allí por un largo tiempo. Después de que la gira de la mañana terminó volvieron al barco para almorzar con Mae. Se quedaron un tiempo con Mae y ella decidió no ir a la última gira. Le había dicho a David que pasara tiempo con Raquel. Mae le había hablado a los padres de Raquel sobre David y ellos estaban impresionados con él y permitieron que su hija pasara tiempo con él.

Jules le confesó a Mae que había seguido su consejo y que estaba muy feliz con su decisión y con Suzanne. Ella dijo: "Jules, ella es una mujer inteligente y todavía hay muchas cosas del pasado que serán parte del futuro de ustedes dos que tendrán que discutir.

"Nunca la llamaste ni la buscaste y ella tuvo que tomar decisiones por sí misma".

Jules pareció desconcertado y preguntó: "¿Qué decisiones?". Suzanne estaba volviendo a la mesa e interrumpió la conversación. Mae y Jules no tuvieron otra oportunidad para hablar de nuevo porque todos se iban la mañana siguiente.

Esa noche, Suzanne regresó a su habitación para empacar y después de un rato se había duchado y estaba envuelta en una toalla cuando Jules llamó a la puerta. Ella se puso una bata y él dijo que quería hablar con ella antes de que llegaran a casa. Jules comenzó a hablarle, pero Suzanne había despertado tanta pasión que no pudo resistir la tentación de abrazarla. Se paró detrás de ella y comenzó a halar su bata. Comenzó a besar su cuello y sus hombros, empezó a tocar su cuello y su espalda y lentamente le quitó la bata. Ella se volteó para mirarlo a él y comenzaron a besarse nuevamente mientras la acostaba y le acariciaba el cuerpo. Ella comenzó a inclinar su cabeza hacia atrás, cerrar sus ojos y disfrutar lo que él le estaba haciendo. Entonces se acostó al lado de él mientras él le acariciaba el cabello.

---

[3] Ibíd.

Esa noche durmieron juntos y se despertaron por la mañana. Jules dijo: "Así es como quiero despertarme cada mañana, contigo en mis brazos, mirándote a los ojos y haciéndote el amor todos los días".

Suzanne lo miró y pensó cuán feliz se había sentido con él estos últimos días. Habían pasado años desde que ella había estado con alguien y se sintió tan bien amar y ser amada. Él despertaba cada pasión en su cuerpo y sabía exactamente dónde tocarla para hacerla desear estar con él.

Capítulo Diez

Día 8 - Viernes: Atenas

*E*l barco ya había atracado cuando se despertaron. Él se fue a su habitación en la mañana y ella se duchó y estaba lista para salir. Cuando salieron de sus habitaciones, él la sujetó en el pasillo y comenzó a acariciar su cabello y a besarla apasionadamente. Ellos querían más, simplemente no habían tenido suficiente uno del otro y se rieron y se fueron juntos.

Jules había apagado su teléfono durante el crucero y no quiso tomar llamadas, todo lo que quería era disfrutar de Suzanne, relajarse y disfrutar de los días con ella. Estas habían sido las primeras vacaciones reales ininterrumpidas que había tomado en su vida.

Pero cuando decidió volver a encender su teléfono al salir del barco en Atenas, comenzó a recibir llamadas telefónicas de sus abogados para programar reuniones de negociación con una compañía que él había ofrecido comprar. La demanda que él había entablado estaba pendiente, pero el juez ordenó a las partes reunirse y llegar a un acuerdo y se había programado una vista evidenciaria en el caso de que no pudieran negociar.

Jules continuó recibiendo numerosas llamadas y continuaba dándose vuelta para contestarlas, sonriéndole a Suzanne y pidiéndole que esperara, que ya casi terminaba. Ella conocía muy bien este escenario. La historia se estaba repitiendo. Éste era Jules.

La espera finalmente colmó su paciencia. Ella había esperado más de dos horas y cuando él le dio la espalda, ella llamó un taxi y se fue. Él todavía estaba en medio de una llamada importante cuando dio la vuelta y vio que ella se había ido. Bajó la mano con el teléfono en la mano, cerró sus ojos, sacudió la cabeza y siguió hablando por teléfono.

Cuando terminó la conversación y colgó el teléfono para llamarla, se dio cuenta de que no tenía su número de teléfono. Llamó a su secretaria para obtener su número; llamó al restaurante y estaba cerrado. Él ni siquiera tenía su dirección. ¿Dónde estaba ella, qué había hecho él?

Él solo se sentó allí y las llamadas seguían llegando y él no respondió a ninguna de ellas. ¿Cómo había podido poner sus llamadas y su negocio antes que ella de nuevo?

Ellos tenían diferentes reservaciones de vuelo de regreso a casa. Cuando Jules llegó a Nueva York finalmente y pudo obtener el número de teléfono de ella la llamó todos los días durante dos meses diciéndole que le quedaba solo una negociación pendiente, además de la demanda. Él quería terminar estos detalles finales y no quería dejar ni un cabo suelto para el futuro.

Cada día él le decía lo cerca que estaba de reunirse con el presidente de la compañía con la que quería negociar. La compañía y sus ejecutivos ni siquiera le querían conceder una reunión y él estaba cada vez más impaciente.

Jules estaba muy contento con su éxito en las negociaciones finales de la demanda. Él había accedido a transigir el caso. No recibió la cantidad que había anticipado. Definitivamente era una cantidad muy generosa, aunque menor de lo que esperaba. Sus abogados lo convencieron de que la transacción era mucho mejor que ir ante un juez que podía decidir de forma diferente. Al final había ganado porque, como dice el refrán, "más vale pájaro en mano que ciento volando".

El acuerdo fue publicado en todos los periódicos sin revelar la cantidad confidencial acordada, pero la especulación en cuanto a la cantidad en los medios fue muy alta.

Todos los editores querían hacer una historia de portada sobre el soltero millonario. Apareció en la portada de varias revistas y le encantaba la atención que estaba recibiendo. Fue invitado a fiestas y los periodistas publicaban diferentes artículos sobre mujeres, romance y amor. Jules se había convertido en el soltero más codiciado, un playboy bajo el nombre de "Jewels". Dondequiera que iba, era rodeado por hermosas mujeres que deseaban ser la próxima señora "Jewels". Toda la atención que recibía y las mujeres que se arrojaban hacia él no le interesaban. Él solo quería el amor de una mujer y estaba de nuevo enojado consigo mismo por no haberle dado a Suzanne la atención que él le había prometido en el crucero.

Cuando llegaba a su apartamento en la ciudad por la noche sin la gloria y el elogio del día y las fiestas habían terminado, se daba cuenta de cuán solitario él estaba. Tenía todo el éxito y todo lo que el dinero podía comprar, pero nadie con quién compartirlo, nadie para disfrutar de su éxito con él. No tenía una familia esperándolo al llegar a casa para cenar y hablar sobre los eventos del día. Todo lo que tenía para demostrar su éxito en la noche era un sándwich de pavo frío en una bolsa de papel. Su éxito no compensaba el vacío del apartamento y su vida solitaria. Él era un hombre cambiado.

Pensó en Suzanne y en la suerte que ella tenía de tener una hija. La familia que **podía** haber tenido con ella, pero que falló porque él tenía miedo de perder. Era patético sentir el éxito en los negocios y ser un perdedor en las relaciones sentimentales.

Sus temores del pasado solo lo llevaron a donde estaba hoy, un hombre muy solitario, sin familia y sin verdadero amor y felicidad.

Llamó a Suzanne esa noche y le respondió su correo de voz. Se dio cuenta de que ella no estaba contestando sus llamadas y que él se merecía que ella no quisiera hablar con él. Él había arruinado la relación. Fue tan cobarde que ni siquiera dejó un mensaje.

Suzanne vio su nombre y número, y estuvo tentada a llamar, pero ya se había dado por vencida con él y no devolvió la llamada.

Tan pronto como colgó el teléfono, Jules salió para ir al apartamento de ella. Estaba desesperado por verla. Cuando llegó, el portero no lo dejó entrar hasta que llamara a Suzanne. Cuando el portero la llamó, ella dijo que él estaba borracho y que no lo dejara entrar. Jules amenazó al portero y él le permitió subir las escaleras.

Jules tocó a la puerta de Suzanne y ella llamó al portero para preguntarle por qué lo había dejado entrar. El portero respondió que si no lo dejaba entrar él amenazó con comprar el edificio por la mañana y lo primero que haría sería despedirlo.

Suzanne abrió la puerta y Jules dijo: "Estoy tan solo sin ti".

Ella solo lo miró y dijo: "Puedes dormir en el sofá, tengo una reunión a primera hora en la mañana".

Él preguntó si podían hablar y ella dijo: "¡NO! Buenas noches".

Por la mañana ella se despertó con el olor a café; él se había acostado al lado de ella y cuando ella abrió los ojos, él la estaba mirando. Suzanne le dijo: "¡Eres imposible!".

Ignoró su comentario y respondió: "¿No es maravilloso tener a alguien que se despierte a tu lado, te prepare el desayuno por la mañana y te sirva café?".

Ella se levantó para tomar una ducha y cerró la puerta del baño cuando entró. Cuando él fue a abrir la puerta y la encontró cerrada, dijo: "Suzanne, ¿no confías en mí?", y comenzó a reír y ella le gritó: "¡VETE!".

Suzanne se vistió, desayunó con él y ambos se fueron a trabajar. Jules le preguntó dónde estaba ubicada su empresa para recogerla e ir a almorzar juntos, pero ella se negó a responder. Entonces la invitó a cenar en la noche y ella dijo que tenía una cita. Jules preguntó con quién, pero ella no respondió y abordó un taxi. Jules también entró al taxi con ella.

Insistió en saber con quién era su cita y ella le dijo que la dejara sola y que por favor saliera del taxi. Él dijo que no se iría hasta que ella le dijera, y ella le dijo: "Es una cita con mi hija". Entonces él sonrió y dejó el taxi. Cuando él se bajó del taxi ella se burló de él ruidosamente.

CAPÍTULO ONCE

REGRESO A LA REALIDAD

*E*se mismo día, un periodista recibió información anónima de que Jules había estado con una misteriosa mujer a bordo de un crucero en Grecia. Los reporteros comenzaron a especular sobre la mujer y quién era. También recibieron una foto de la mujer de espaldas hacia la cámara. Suzanne llamó inmediatamente a Mae y le dijo: "Dime que no eres tú quien está hablando con los periodistas".

Mae dijo: "Suzanne, cariño, ¿de qué demonios estás hablando?".

Suzanne dijo: "No te hagas la inocente conmigo Mae, te conozco muy bien y esto suena como algo tuyo".

Mae se mostró sorprendida y dijo: "Suzanne, ¿por qué me acusas? Yo soy tu amiga".

Suzanne dijo: "¡Exactamente!", y colgó el teléfono.

Suzanne estaba furiosa con Mae y temía que alguien pudiera haber tomado una foto de ella y Jules. No quería ningún tipo de publicidad. Ella ya había decidido no recibir más llamadas de él y eso no le impidió aparecer en su departamento. ¿Cómo podía ella haber considerado la idea de que él fuera sincero? Él había comenzado a llamarla todos los días durante dos meses, y cuando la publicidad comenzó, las llamadas comenzaron a ser menos, parecía como si la hubiera olvidado.

No podía apartarlo de su mente día y noche. Ella decidió entonces volver a trabajar con su hija Laura. Su negocio era muy exitoso y la ayudaría a dejar de pensar tanto en él, y podría ayudar a Laura, que se sentía cansada y soñolienta todo el tiempo.

Sentada en su oficina, comenzó a pensar en los dos años que había pasado con Jules. Ella escuchaba sus conversaciones sobre decisiones de negocios, compras de acciones e inversiones. Así aprendió sus estrategias y tomaba decisiones basadas en lo que había aprendido de él. A menudo se preguntaba, "¿Qué haría Jules en este caso?". Ella había obtenido un título en finanzas y leía las noticias y libros financieros, lo que eventualmente la hizo muy exitosa en su negocio. Jules no sabía mucho sobre la compañía de ella y no conocía la magnitud de su negocio.

Ella era muy discreta en su negocio, no concedía entrevistas, y evitaba que le tomaran fotos. Ella mantenía el apellido de su difunto esposo Michael y aparecía bajo el nombre de S. Collins.

Jules había oído sobre el éxito de la compañía de Suzanne, sin saber que era de ella. Le había dado instrucciones a su personal para que le proporcionaran información, y había estado investigando la compañía durante más de un año. Él había comenzado a investigar la compañía cuando descubrió que la empresa que él había demandado estaba bajo una investigación confidencial de la **Comisión de Bolsa y Valores de los Estados Unidos.** Él entonces pospuso su interés en la compañía de Suzanne mientras se dedicaba a las gestiones de la demanda.

Él sabía que la compañía era sólida, con base en los EE.UU. y con algo de exposición internacional. Su interés era expandirla aún más en mercados internacionales.

Suzanne no estaba interesada en vender acciones de la compañía a un extraño. Sus abogados habían sido abordados informándoles que un inversionista confidencial tenía interés en su compañía. Ella había considerado la oferta solo porque ella y Laura querían enfocarse en expandir sus operaciones internacionales.

Ella había dedicado su tiempo a construir la compañía para ella y para su hija. Había pensado en vender, pero Laura no estaba de acuerdo.

Suzanne decidió entonces no vender su parte de las acciones y no vendería aun si eso significaba permanecer como una compañía totalmente doméstica.

Suzanne y Laura sabían que para mantener su ventaja competitiva tenían que crecer. Una de las estrategias era contratar a alguien con una formación sólida en estrategias para mercados internacionales, con integridad impecable y con un ojo para estrategias financieras y de mercadeo innovadoras. Ambas se miraron y comenzaron a reírse, sabían que solo había un hombre que podía hacerlo todo.

El segundo plan estaba ligado al primero. Ellas ya sabían quién era el inversionista confidencial. Laura contactó la compañía y programó una reunión para discutir su oferta. La reunión estaba programada para la próxima semana.

Era Jules quien estaba interesado en comprarlos y ellas finalmente tuvieron el valor para concertar reunión.

La reunión estaba programada para las 9:00 a.m., y Jules llegó muy temprano con su equipo pensando que iba a ser un momento decisivo.

Tenía todas las estrategias en orden y se sentó con su personal sintiéndose muy seguro mientras esperaba a que el personal de la compañía llegara y comenzaran las negociaciones.

Todos estaban sentados en la larga mesa de conferencias ovalada hecha de madera de cerezo, con dos teléfonos de conferencia en cada extremo. La mesa acomodaba a 20 personas.

Suzanne sabía que era Jules quien estaba interesado y recordaba cuando él mencionó que quería invertir y comprar las acciones de una compañía. Ella se había dado cuenta de que estaba hablando sobre su compañía. Le pidió a su asistente que distribuyera un folleto con información sobre todos los activos de la compañía, tanto domésticos como internacionales, y de los accionistas.

El salón de reuniones estaba lleno con todos los miembros de la junta de la compañía, abogados, analista financiero, contralor, y jefes de diferentes departamentos, además del personal de Jules.

Solo había dos asientos vacíos, reservados para el Presidente y el Director Ejecutivo de la compañía.

La Directora Ejecutiva fue la primera persona en entrar a la sala. Se presentó y dio la bienvenida a todos en la sala y expresó su sincero interés en tener una reunión exitosa. Jules la miró y le dijo a su abogado que creía que la había visto antes. Él dijo: "Se parece a la mesera que conocí en el café llamado 'Rush Hour'". La miró y quedó estupefacto. Recordó que Layla había dicho que ella era la hija de Suzanne. Entonces pensó: "Bueno, es posible, porque el parecido es impresionante".

Ella se acercó entonces a Jules, le estrechó la mano y le dijo: "¿Se acuerda usted de mí, Sr. Quinn?".

Antes de que él pudiera responder, una mujer alta y delgada, con un traje gris, entró al salón de conferencias, con su cabello peinado elegantemente en un moño. Se veía impresionante. Cuando entró y se sentó a la cabecera de la mesa dio la bienvenida a todos y se disculpó por llegar tarde.

Todos en el equipo de Jules quedaron boquiabiertos: Jules estaba sumamente impresionado.

Suzanne continuó hablando de la compañía y delineó la agenda de la mañana. Jules se quedó sin palabras, finalmente se dio cuenta de que Suzanne era la presidenta de esta prestigiosa compañía que él quería comprar.

Finalmente recuperó su compostura, se puso de pie y pidió a todos que, con excepción de Suzanne, por favor salieran del salón. El personal de Suzanne permaneció sentado y él dijo: "Todos".

Suzanne miró a su personal y sacudió la cabeza de acuerdo con su petición y miró a su hija y le dijo: "Está bien".

Suzanne permaneció sentada a la cabecera de la mesa y Jules se apoyó de espaldas sobre la mesa de conferencias, cruzó un brazo y sostuvo su barbilla con la otra mano.

Cuando todos se habían ido, estaban en silencio y él se acercó a ella y ella le dijo: "Traté de decirte, Jules, pero tú no escuchas".

Jules dijo: "Suzanne, ¿cómo es que eres la presidenta de esta empresa? Lo sabías todo el tiempo y no me dijiste nada".

Suzanne dijo: "Este es el negocio que heredé después de que mi esposo falleció. Mi suegro estaba tan deprimido después de haber perdido a su esposa y su único hijo que no quería trabajar otro día. Nos dejó todas sus acciones a Laura y a mí. Heredé la mayoría de las acciones de la compañía cuando Michael murió. Seguí invirtiendo sabiamente cada centavo.

"Con el dinero que había ahorrado y el que recibí de ti, le di a Laura una muy buena educación y la envié a escuelas privadas y a la universidad.

"Empecé a invertir en tus empresas y seguí trabajando en esta compañía con mi esposo hace unos 22 años. Continué trabajando bajo el nombre de mi difunto esposo. El hombre con quien me casé no me abandonó, el murió y yo conservé su nombre para fines de negocios, es por eso que nunca descubriste quién era el verdadero dueño. Sabía que en algún momento nos reuniríamos de nuevo y aquí estamos. Después de que nos separamos, volví a la escuela y me di la oportunidad de ser exitosa.

"Obtuve una maestría en finanzas, y mi hija Laura también. Nunca pensé que nos llevaría tantos años encontrarnos de nuevo, y cuando menos lo esperaba. El destino se encargó de reunirnos nuevamente. Quiero que sepas que este negocio es nuestro, los accionistas somos Laura, yo, y tú. Tienes el 30% de las acciones bajo el nombre de Laura, ella tiene un 30% y yo poseo el resto de las acciones".

"Suzanne, ¿quieres decirme que soy dueño de una parte de la compañía que quería comprar? ¿Por qué tengo que descubrir esto ahora?".

"Si hubieras devuelto mis llamadas..., pero nunca lo hiciste".

"¿Cómo puedes decir que nunca devolví tus llamadas? Te llamé muchas veces. Alguien me había dado tu nuevo número. Después de tantos fracasos tratando de contactarte, pensé que no querías hablarme o escuchar de mí otra vez. Es cierto, necesitaba algo de tiempo para resolver mis problemas personales antes de que pudiéramos estar juntos, pero no me tomó demasiado tiempo resolverlos. Te busqué, traté de rastrearte en vano".

"Jules, parece que todavía estás resolviendo esos problemas. Nunca hubiera funcionado entre nosotros, ni entonces ni ahora".

Jules dijo: "Hace veinticinco años, te extrañé cuando nos separamos. Estaba devastado. Era un sentimiento con el que estaba demasiado familiarizado, pero nada en mi vida me había preparado para lo que experimenté cuando te perdí. Me di cuenta demasiado tarde que tenía miedo de amarte tanto, porque tu amor me cambió. Te amaba tanto que sentí que no podía respirar sin ti. Era un sentimiento que nunca antes había sentido. Cuando te fuiste, preferí perderte. Aprendí demasiado tarde que estaba luchando con mis miedos del pasado en el presente. Era demasiado para soportarlo y cuando no pude encontrarte, todo lo que hice fue absorberme en mi trabajo, pero en lo único que pensaba era en ti. Nunca he amado a nadie como te he amado, y eso me asustó. Preferí perderte que sentirme como me sentía. Suzanne, no es fácil para mí admitir que pienso en ti día y noche, que me despierto pensando en ti y que eres mi último pensamiento cuando me acuesto a dormir por la noche. No me gusta sentir que no tengo el control".

Suzanne dijo enfadada: "Nunca recibí ninguna de tus llamadas. Yo estaba perdida porque ni siquiera te molestaste en llamar y preguntar cómo estaba. Jules, pensé en ti todo el tiempo. Pensé que no devolvías mis llamadas porque ya no me amabas y simplemente dejé de llamarte. Yo tenía miedo de que pensaras que Laura era una excusa para que te quedaras conmigo. Yo te amé. No podía soportar la idea de retenerte y que tuvieras que comprometerte porque te sentías responsable por nosotras. Estaba herida y enojada y te enterré profundamente en mi corazón y traté de olvidarte.

"Suzanne, ¿qué estás diciendo? ¿Qué quisiste decir cuando dijiste que Laura habría sido una excusa?".

"Jules, te escribí para contarte sobre Laura y te mandé fotos de bebé hasta que ella cumplió cinco años. Alguien solía enviarme dinero para Laura a nombre tuyo.

"Me di cuenta en el crucero que no tenías idea de Laura cuando mencionaste que la conociste. Cuando no devolviste mis llamadas y nunca pediste verla, simplemente pensé y decidí que no serviría de nada seguir intentando que supieras algo más sobre nuestra hija".

Jules dijo: "Espera, espera, espera", levantando la mano para que ella mantuviera ese pensamiento mientras él llamaba a su secretaria. Él le preguntó si alguna vez había recibido llamadas telefónicas y cartas de Suzanne cuando ella se fue.

La secretaria respondió: "Por qué, sí, Sr. Quinn. Suzanne le envió muchas cartas y lo llamó muchas veces".

Jules preguntó: "¿Cómo es que nunca me diste los mensajes y cartas?".

"Señor Quinn, su asistente me dijo que estaba muy enojado con Suzanne y me dijo muchas cosas malas sobre ella. Me dio instrucciones de que nunca más la volviera a mencionar. Toda la correspondencia y mensajes se le dieron a él, porque él dijo que era para evitarle más dolor y angustia a usted. Hice lo que él me pidió, señor".

Jules se enojó mucho y llamó a su asistente y le preguntó: "¿John, sabías que Suzanne estaba embarazada y que dio a luz a mi hija?".

John no supo cómo responder y dijo que todo lo que hizo fue para evitarle más dolor. "Fui testigo de tu sufrimiento cuando ella se fue. Dejaste de trabajar y comenzaste a beber, y yo hice esto por tu propio bien".

Jules le preguntó: "¿Alguna vez se te ocurrió que descubriría la verdad?".

John respondió que Suzanne desapareció y que había perdido todo contacto con ella y él le enviaba dinero para Laura a su última dirección. Después de un tiempo, el correo le devolvió las cartas y entonces tuvo miedo de contarle y con el paso de los años se hizo más difícil para él decir la verdad. "Cuando me di cuenta de que estaba equivocado, ya era demasiado tarde. Lo siento mucho; cuando los vi a los tres juntos hoy, me sentí aliviado porque la verdad sería revelada".

"John, cómo pudiste haber sido tan egoísta, si sabes más que nadie cuánto quería una familia y cuánto amaba a Suzanne. Laura es mi hija. Ella es la Directora General de esta compañía, ella es la niña que tu egoísmo me quitó. John, eras como el hermano que nunca tuve. ¿Cómo pudiste privarme de mi propia hija?

"Quiero que salgas por esa puerta y nunca vuelvas, nunca me llames o intentes contactarme de nuevo. Nunca, nunca quiero verte mientras viva. El daño que has causado es imperdonable".

"Pero Jules —John insistió— esto fue por tu propio bien. Suzanne te había cambiado y ella te había transformado en otra persona. Fue por tu propio bien".

Jules dijo: "Por favor, vete, no quiero terminar en la cárcel, ¡solo vete!".

Después de que John se fue, Suzanne llamó a Laura y le pidió que entrara.

Suzanne dijo: "Laura, en toda mi vida nunca te he guardado secretos sobre mí. Cuando eras una niña, te conté todo sobre tu padre y tú siempre supiste quién era. Desafortunadamente, como descubrimos hoy, tu padre no sabía que tenía una hija. Entonces, Laura, me gustaría presentarte a tu padre, y Jules, me gustaría presentarte a tu hija, Laura.

Hubo lágrimas en los ojos de todos. Jules fue el primero en hablar.

Él dijo: "Laura, cuando nos conocimos, te miré a los ojos y había algo tan especial en ellos. Cuando me miraste e intentaste ocultar tus emociones, inmediatamente sentí un vínculo entre los dos, a pesar de que no tenía idea de quién eras. Sentí como si nos hubiésemos conocido toda la vida. Ahora entiendo por qué estabas tan sorprendida y apenas podías hablar cuando nuestros ojos se encontraron y no podías responder a mis preguntas sobre el menú".

Laura dijo: "Me di cuenta de quién eras cuando me hablaste. Nunca te había visto en persona. Había leído mucho sobre ti en los periódicos y guardaba imágenes que recortaba de los artículos del periódico. Tengo que decir que no eres un extraño para mí. Sé todo sobre ti".

Jules preguntó: "¿Por qué nunca viniste a verme o me llamaste?".

"Mamá lo intentó y nunca hubo una respuesta. Yo también lo intenté y tú nunca devolviste mis llamadas. Ambas decidimos dejar las cosas como estaban y sabíamos que un día nos encontraríamos, y aquí estamos en esta reunión de negocios. El tiempo finalmente nos alcanzó.

"Sabes, es agradable encontrarte finalmente y empezar a conocerte mejor. Realmente no eres nada diferente a como te describió mamá".

Jules **sacudió su cabeza** y dijo: "De verdad, ¿cómo me describió?".

"Ella te describió como inteligente, con carisma y con buen aspecto y es realmente maravilloso conocerte finalmente. He estado esperando conocerte por los pasados 24 años, Sr. Quinn, ¿o debería llamarte 'papá'?".

Las lágrimas de Jules bajaban por sus mejillas mientras abrazó a Laura y le dijo lo afortunado que era de tenerla en su vida y de poder decir que tiene una hija y que es un padre.

"De repente abro los ojos al hecho de que soy un padre y me doy cuenta qué maravilloso es tener una familia.

"Laura, háblame de ti, háblame de ti. Quiero saber todo sobre ti. Qué hiciste cuando descubriste la relación entre nosotros, y quiero saber lo que has hecho durante los últimos 24 años. Solo mirándote sé que tu madre ha hecho un excelente trabajo al criarte".

"¿Quieres decir, cuando descubrí que eras mi padre?".

"¡Sí! Quiero saber cada detalle".

"Cuando era una niña pequeña, crecí conociendo a otro hombre como mi padre. Cuando Michael falleció yo tenía alrededor de siete años, y cuando tenía alrededor de doce encontré fotos de ti y mamá escondidas en un viejo bolso y cartas dirigidas a ti en sobres que mamá tenía y nunca te envió. Cuando le pregunté a mamá, ella me contó todo sobre ti y que eras mi papá. Cuando crecí te veía en los periódicos y le preguntaba a mamá por qué nunca venías a visitarme. Mamá solía decir que nos reuniríamos alguna vez en el futuro. Cuando crecí, ella me dijo que tú nunca respondiste a sus cartas y llamadas telefónicas. Empecé a odiarte. Me volví muy rebelde y fui a verte un día para preguntarte por qué yo no te importaba, y tu amigo John me impidió verte.

"Dijo que estarías muy feliz de verme, pero que estabas fuera del país. Me pidió mi número de teléfono y me dijo que iba a planear una visita sorpresa. Esperé y esperé y nunca llamaste. Cuando lo vi hoy ni siquiera me reconoció. Realmente me disgusta ese hombre por no permitirme conocerte", dijo Laura, con lágrimas en sus ojos.

Ella continuó, "Entonces los odié a los dos. A medida que pasaba el tiempo, envié docenas de mensajes y nunca respondiste, ahora sé por qué. Un día John se reunió conmigo y me dijo que yo solo estaba interesada en tu dinero y me dio un cheque para que me fuera y nunca volviera. Yo me enojé tanto que me propuse a terminar la escuela para convertirme en un genio en los negocios como tú. Quería enseñarte que no necesitaba tu dinero, que yo era tan inteligente como tú.

"Cuando salimos afuera, mientras hablabas con mi mamá, John pidió hablar conmigo y confesó que tú no sabías nada sobre mí, que fue él quien me alejó de ti. El destino tiene una manera de poner las piezas juntas donde pertenecen y después de tanto enojo durante años, él finalmente me desarmó. El odio que había sentido durante años simplemente desapareció cuando él me dijo que no sabías nada de mí. Siento como si acabara de quitar miles de libras de ira de mis hombros, aunque todavía estoy muy enojada con él porque me privó de ti".

"Laura, lo siento tanto, pero te lo compensaré. Lo haremos pasando tiempo juntos como familia para compensar todos estos años perdidos. Yo estoy aquí para quedarme, ahora mi propósito principal en la vida será ser tu padre, estar siempre contigo, y si tu madre me lo permite, con ustedes dos. Yo siento que toda mi vida he estado preparándome para este momento, por favor, acéptenme. Quiero hacerlas a ambas muy felices.

"Vamos a cenar esta noche en mi casa y podemos comenzar a ponernos al día. Tú sabes todo sobre mí y ahora quiero saber todo sobre ti.

"Cuando te vi por primera vez, estabas trabajando como mesera y ahora estás de Directora Ejecutiva en esta compañía, ¿qué pasó?".

"Bueno, tengo que empezar diciéndote que estoy casada. Mi esposo se llama Richard, y es un chef. Nos conocimos en la universidad y mamá nos ayudó a abrir el café. El negocio ha tenido tanto éxito que él ha abierto unos 12 más en diferentes ciudades y están funcionando perfectamente bien.

"Richard y yo estamos esperando nuestro primer hijo, así que tengo que decirte que pronto serás abuelo. Creo que debes superar el primer shock de ser padre y trabajar entonces en la parte en la que serás un abuelo".

"Esto es demasiada emoción para un día. Y también voy a ser un esposo, si Suzanne lo quiere. Ahora me he convertido en un padre y un futuro abuelo. No vi venir esto". Cerró los ojos y dijo: "Quiero celebrar con mi familia".

Jules le dijo entonces a Suzanne: "Lo siento mucho, no lo sabía. No tuve éxito en mi vida familiar. En todo mi trabajo y éxito, nunca tomé el tiempo para construir una familia. Dime que no es demasiado tarde, dime que podemos hacer esto juntos".

Suzanne lo miró, sonrió y dijo: "Toda mi vida te esperé. Cuando te vi en el barco, no sabía qué pensar o esperar de ti. Todo el dolor y el sufrimiento desaparecieron. El amor que había sentido por ti resurgió y no podía pensar, mi corazón se desbordó con un sentimiento tan poderoso, tan fuerte que era abrumador. Me sentí joven de nuevo y mi cuerpo se sintió tan irresistiblemente atraído por ti que me dejé llevar. No importaba si te ibas de nuevo, todo lo que importaba era que estuviéramos allí juntos, sentí que el tiempo no había pasado. Te amé una y otra vez. Mi corazón gritó y sentí tu corazón latir con fuerza y sabía que era nuestro momento.

"Pero cuando atracamos en Atenas y comenzaste a contestar todas tus llamadas, la realidad finalmente se hizo presente, y me di cuenta de que todavía eras el mismo Jules de antes, nada había cambiado y todo era lo mismo que cuando nos dejamos hace tantos años atrás.

"Estaba tan frustrada, Jules, tú hiciste que mi vida y mis sentimientos se cayeran en cantitos de nuevo. Te dejé entrar en mi vida y destruiste todo el amor que te di. Durante los últimos dos meses esperé y no pasó nada. Estamos aquí hoy porque es una reunión de negocios. Esta es tu decisión y ya yo he tomado la mía. Lo siento, tengo que irme ahora, Laura puede tomar todas las decisiones del negocio, ella tiene mi voto de confianza. Confío en su juicio. Adiós Jules".

"Suzanne, ¿a dónde vas? Estoy aquí, me has hecho el hombre más feliz del mundo, estoy aquí y te amo. No solo te tengo a ti, tengo una familia. Ya no quiero nada más. He encontrado lo que siempre he querido. Suzanne, te amo con algo más que mi corazón. Me encanta respirar el mismo aire contigo, con nuestros corazones fundiéndose en uno. Me encanta sostener tu mano y tenerte en mis brazos. Me encanta acariciar tu cabello y ahora tenemos una hija. Algo que tú y yo creamos, ella es nosotros, Suzanne".

"No Jules, yo siempre he tenido una hija. Ahora tú tienes una hija".

"Quiero pasar tiempo con ella, quiero saber todo sobre ella y estar con ustedes".

"Jules, creo que es bueno que quieras pasar tiempo con Laura, pero yo me iré. No somos una pareja. Quiero que entiendas que tú tomaste esta decisión, ¡no yo! Adiós".

Capítulo doce

Soledad

Más tarde esa noche, Laura y su esposo visitaron a Jules en su apartamento en Nueva York. Suzanne todavía estaba muy enojada y decidió no ir.

Jules y Richard se llevaron muy bien. Era como si se hubieran conocido desde hace años. Hablaron sobre el negocio de los restaurantes y cuán exitoso se había convertido el negocio. Jules comenzó a hablar sobre el menú y recomendó distintas comidas e ideas sobre la expansión del negocio. Laura entonces los interrumpió y dijo: "Esta es noche de familia, no más conversación sobre negocios".

Jules respondió: "Tienes razón, supongo que estoy posponiendo una conversación sobre Suzanne y por qué está tan enojada. No la culpo, yo me dejé llevar, como siempre, cuando llegué a Nueva York. No le dediqué el tiempo que necesitaba después de dejar el crucero. No estoy seguro si alguna vez me perdonará, pero haré lo que sea necesario para recuperarla".

Jules les mostró fotos de su casa en el norte de Nueva York y les pidió que se mudaran con él. Dijo que hay mucho espacio para ellos y el bebé. Insistió en que el bebé debería crecer lejos de la vida de la ciudad y no en un apartamento.

Laura se rió y dijo: "Suenas como un padre y un abuelo, pero es demasiado pronto para tomar decisiones, debido a lo cerca que están nuestros trabajos del apartamento. Podemos discutir esto más tarde".

Jules le pidió a Laura consejos sobre Suzanne. Trató de llamarla varias veces pero ella no había devuelto sus llamadas.

Laura dijo: "No me puedo involucrar, eso es entre ustedes dos. Yo sé cómo elegir mis batallas, y esta realmente no es una de ellas".

Después de varios días, Laura y Jules se reunían todos los días para hablar de ellos mismos, la compañía, la familia y Suzanne. Laura dijo que su madre había dejado la ciudad por unos días y viajó a París a visitar a Layla.

"Mamá dijo que no quiere saber nada de ti y se siente estúpida sobre lo que sucedió en el crucero. Su preocupación es que en esta etapa de su vida y a su edad ella se comportó como una colegiada y no como la mujer seria en la que se ha convertido. ¿Qué pasó en el crucero? ¿Por qué ella está tan enojada contigo? Está muy molesta porque se enamoró de ti otra vez, y simplemente está consternada". Él permaneció en silencio.

Laura y Jules llamaron a Suzanne y ella solo hablaba con Laura, pero no con Jules.

Él entonces llamó a Suzanne por el teléfono de Laura y cuando ella escuchó su voz, le dijo que no había nada de qué hablar. "Estoy muy feliz de que tú y Laura finalmente están juntos, los años no han pasado en vano".

Jules dijo: "Suzanne, por favor, perdóname. En este momento estoy en el proceso de vender mis acciones y dejar el negocio a mis socios. Lo único que quiero es dedicarle tiempo a mi familia". Jules suplicó y preguntó: "Por favor, por favor, vuelve a casa y solucionemos esto juntos. Suzanne, si no vuelves para el viernes, tomaré un avión a París para estar contigo y traerte a casa".

Suzanne respondió que regresaría en uno o dos meses, que necesitaba tiempo para pensar y necesitaba tiempo para resolver su situación con él. "Ahora es más difícil para mí porque tú estás presente y estás pasando mucho tiempo con mi hija".

Jules respondió diciendo: "Nuestra hija, Suzanne. No actúes así, sabes lo que ambos sentimos en el crucero. Nos **pertenecemos** uno al otro, no tengo interés en nadie más que tú. Creo que sabes que no soy perfecto, Suzanne. Dame la oportunidad de demostrarte que mi amor es sincero. Amarte siempre ha sido la mejor parte de mi vida, no me quites eso ahora.

"Suzanne, te necesito, te quiero. Déjame amarte, no tienes que amarme, te amo lo suficiente por los dos. Déjame continuar probándote mi amor por ti. Soy un hombre cambiado. No soy el hombre que conociste hace 25 años. Soy el hombre desinteresado, humilde y amoroso del que te enamoraste en el crucero. Sentiste lo mismo que yo. No niegues lo que sentiste en el barco. Fue real, éramos nosotros".

Suzanne guardó silencio, no quería seguir hablando de su relación. Estaba agotada física, mental y emocionalmente. Como no tenía ninguna energía para continuar la conversación con Jules, todo lo que dijo fue, "Jules, necesito algo de tiempo. Te llamaré cuando esté lista para volver a casa y enfrentarte. Disfruta tu tiempo con Laura, ambos tienen que recuperar los años perdidos".

Habían pasado cuatro días y Suzanne sentía que no había sanado, pero le hacía falta Laura y la emoción de convertirse en abuela y disfrutar el embarazo de su hija. Había estado en Grecia y ahora en París y estaba nostálgica y lista para regresar. Se sentía como una adolescente que está huyendo de su casa. Layla la convenció de regresar a casa y la convenció de reunirse con Jules y, si realmente sentía que la relación se había echado a perder, sólo se lo dijera y terminara la relación.

Suzanne se había estado sintiendo enferma últimamente en París, pero no quería ver ningún médico que no fuese el suyo. Decidió regresar a casa y no le dijo a nadie hasta que llegó al aeropuerto y llamó a Laura para decirle que había llegado. Tomó un taxi a su apartamento en la ciudad, y cuando llegó, Laura la estaba esperando.

Abrazándola, Laura dijo: "Estoy tan feliz de verte. Te extrañé mucho y realmente te necesito. Por favor, no sigas viajando más. Yo nunca he estado tanto tiempo sin ti y me siento como una huérfana".

"Estoy tan feliz de verte también. Laura, ahora tienes cinco meses de embarazo y se está comenzando a notar. Estás preciosa".

"Mamá, mis amigos están planeando una fiesta de revelación de género y una fiesta de regalos de bebé para mí en aproximadamente un mes y quiero que me acompañes a comenzar a buscar una tienda de bebés para hacer un registro y, por cierto, no hagas planes para el viernes. Tengo un sonograma programado y quiero que me acompañes a recibir el sobre sellado con el género del bebé para la sorpresa el día de la fiesta".

Suzanne preguntó: "Laura, ¿qué es eso de una fiesta de revelación de género?".

"Mamá, es un evento donde, ya sea tu primer hijo o el cuarto, finalmente descubres si vas a tener un niño o una niña. Es una celebración con familiares y amigos, y se llama una fiesta de revelación de género.

"Es por eso que quiero que me acompañes para darte el sobre sellado. Si yo guardo el sobre tendré la tentación de abrirlo y descubrir si es un niño o una niña".

"¡Bueno, eso ciertamente es nuevo! Laura, ¿cómo vas a saber si yo abro el sobre?".

"Mamá, sabré si lo abres. Es un secreto, recuerda. Tú tienes que abrirlo o dárselo a la coordinadora y ella llenará una caja con globos azules o rosas. En la fiesta se abre la caja y todos los globos salen volando y el género se revela".

Suzanne dijo: "Bueno, eso ciertamente es nuevo, definitivamente no existía en mi tiempo". Ambas rieron.

El viernes, cuando Suzanne llegó para encontrarse con Laura para el sonograma, Laura dijo: "Mamá, estoy tan contenta de que hayas venido, estamos un poco temprano. Mi sonograma está programado en unos treinta minutos, aunque por lo general corren 15 minutos tarde".

Suzanne le dijo a Laura, "Está bien, no tengo prisa. Cuando salgamos, vamos de compras para ti y para el bebé, y seleccionaremos ropa para el bebé".

También le dijo que quería comprar la cuna del bebé y los muebles de su cuarto.

Laura miró a su madre y dijo: "Papá-Jules ya ha comprado todos los muebles. Él quiere que Richard, el bebé y yo nos mudemos con él cuando nazca el bebé".

Suzanne se enojó mucho y le dijo a Laura: "¿Cómo pudiste planear mudarte sin decírmelo, eso significa que yo...?".

En ese momento Jules entró con Richard. Suzanne miró a Laura y le dijo: "No tenía idea de que habías invitado a Jules".

"Mamá, no quiero que él se pierda ningún momento importante. Los necesito a ustedes dos y a Richard conmigo. Ustedes todos son mi familia".

Jules y Richard se sentaron junto a Laura y Richard miró a Laura, y sus ojos iban y venían mirando a Suzanne y Jules, y puso una cara graciosa. Laura comenzó a reírse y la enfermera la llamó. Todos se levantaron a la vez para acompañarla y la enfermera les dijo que se sentaran mientras preparaban a Laura para el sonograma.

Suzanne comenzó a leer una revista y a hablar con Richard, ignorando a Jules.

Jules, sintiéndose ignorado, le preguntó a Suzanne sobre su estadía en París y le dijo que él la hubiera podido recoger en el aeropuerto. Suzanne respondió que ella tenía un auto esperándola. Jules entonces insistió en que habría ido personalmente a recogerla, y levantó las cejas con una sonrisa malvada.

Suzanne no lo encontró divertido y lo miró seriamente. Los llamaron a entrar y el doctor comenzó a describir la imagen en la pantalla. Cuando vieron al bebé, las lágrimas bajaron por las mejillas de todos. Fue el momento más feliz para todos ellos.

Cuando terminó el sonograma y se iban, Laura y Richard entraron al ascensor, y Jules detuvo a Suzanne sosteniéndola por el codo y dejó que se cerrara la puerta del ascensor.

Suzanne dijo: "¿Qué crees que estás haciendo?".

"Solo quiero hablar contigo y no me dejas. Tú no contestas mis llamadas, visitas la oficina después de que me he ido y no te unes a nosotros para cenar".

"No hay nada de qué hablar, ya dije todo lo que tenía que decir".

Suzanne, no creerás ni por un minuto que voy a dejarte ir, ¿verdad? Quiero hablar sobre nosotros".

"Jules, no hay un nosotros y no habrá un nosotros. Pasé un tiempo en París, pensando en ti y en mí, y me di cuenta de que es difícil amarte. Un día dices una cosa y en el siguiente momento vuelves al mismo Jules de antes. Por un momento pensé que eras sincero, y aquí estamos de nuevo, teniendo la misma conversación que antes. Por favor no insistas, simplemente todo terminó".

Jules argumentó, "No, no es así, no me rendiré en cuanto a nosotros". La acercó hacia él y la besó en la boca y le dijo: "No me dejes ir, por favor".

Suzanne dijo: "Jules, no estoy lista y no creo que alguna vez lo esté, por favor no lo hagas. No quiero lastimarnos. Creo que, por el bien de Laura, necesitamos dejarla disfrutar de nuestra compañía y estar aquí para ella y él bebe. Pero eso no quiere decir que nosotros vamos a estar juntos".

Jules dijo: "Entonces sí hay un nosotros, ¿verdad? Tú solamente estás enojada conmigo porque no cumplí los planes como lo había prometido".

Suzanne, con lágrimas rodando de sus ojos, respondió: "Jules por favor, no hagas esto más difícil de lo que es. Quiero estar sola. No es por ti, se trata de mí".

Jules preguntó: "Cuánto tiempo más necesitas, te esperaré".

"No lo sé".

"Suzanne, sé que estás enojada conmigo y tienes todos los motivos, pero podemos superar esto. Ven a vivir conmigo, le he pedido a Laura y Richard que vengan a vivir con nosotros y el bebé".

"No Jules. No iré a vivir contigo".

"Suzanne, estábamos tan felices en el barco en el crucero, ¿qué pasó? ¿Tienes miedo? Tengo miedo también. Todo esto es nuevo para mí.

"Nunca tuve una hija. Y ahora tengo una hija, un yerno, un nieto en camino y a ti. Suzanne, somos una familia".

"Exactamente Jules, ¿y quién soy yo?".

"No entiendo, te amo, quiero estar contigo. Quiero ser "nosotros" no solo tú y yo. ¿Por qué estás haciendo esta relación y el que estemos juntos tan difícil? ¿Hay alguien más? ¿Es el hecho de que ahora yo conozco a Laura? ¿Es que no sientes lo mismo que yo?".

"Estás haciendo demasiadas preguntas, solo demos algún tiempo a la relación. No estoy lista".

"¿Cuánto tiempo Suzanne? ¿Otros 20 a 25 años? ¿Cuándo? ¿Cuándo vas a estar lista?".

Capítulo Trece

Apenas hemos comenzado

$\mathcal{U}$nos días más tarde, los amigos de Suzanne y Laura estaban planificando la fiesta de revelación de género. Suzanne y Jules discutieron porque cada uno quería tener la fiesta en su casa. Suzanne insistió en que se celebrara en su apartamento. Después de varias conversaciones, finalmente Suzanne aceptó tener la fiesta de revelación del sexo del bebé en un club, porque su apartamento era demasiado pequeño para tener la fiesta en su casa.

Suzanne había contratado a una coordinadora de fiestas para decorar el club. Ella había elegido los colores azul tenue y rosa claro para las cortinas al fondo del salón y para los manteles de las mesas. Había colocado a un lado del salón una caja que decía, "ÉL o ELLA". Había recortes de bebés y globos en las paredes y colgando del techo. La decoración estaba bellamente realizada. Resultó ser una gran reunión.

Había muchos amigos y familiares del lado de la familia de Richard, además de sus amigos cercanos como Mae, Layla y Andrea. Layla voló desde París con su esposo e hijas.

La mayoría de los invitados ya habían llegado. Suzanne estaba sentada en la mesa con Mae, Layla y Andrea. Jules, Laura y Richard se levantaron y Suzanne dijo que tenía un anuncio que hacer. Habían movido la caja llena de globos al medio del salón. Suzanne anunció que cortaría la cinta para revelar si el color de los globos era azul, para un niño, o rosa, para una niña. Cuando cortó la cinta, docenas de globos color azul comenzaron a flotar en el aire. En los globos estaba escrito: "Es un niño, es un nieto".

Todos estaban celebrando que fuera un niño. Jules abrazó y besó a su hija, abrazó a su yerno y sujetó a Suzanne y la besó suavemente y dijo: "Gracias por hacerme el hombre más feliz". Todos celebraron como si fuera la víspera de Año Nuevo.

Después de la fiesta, cuando la mayoría de los invitados se habían ido, Suzanne se sintió mal y comenzó a vomitar. Ya ella había visitado a su doctor y sospechaba lo que estaba mal, pero no dijo ni una palabra. Layla y Mae siguieron a Suzanne al baño y se miraron una a la otra y ambas dijeron al mismo tiempo: "¡Embarazada!". Mae comentó entonces que ellos se habían desaparecido en el crucero y luego dijeron que tenían gripe. Ambas comenzaron a reír y dijeron que quizá no habían recibido su vacuna para prevenir la gripe. Suzanne no se estaba riendo y dijo que era por algo que comió, "seguro fueron los camarones". Le dijeron que llamara a su médico y programara otra cita y se rieron. Después de la fiesta, Mae le dijo a Jules que debería acompañar a Suzanne a su apartamento porque ella no se sentía bien.

Jules insistió en llevar a Suzanne a casa y aunque ella quería irse sola, se sentía demasiado débil para discutir con él. Cuando llegaron, Jules la arropó en la cama y él se recostó a su lado. Suzanne quería que se fuera, pero él decidió quedarse y le dijo que no la iba a dejar sola. Jules se sirvió una copa de vino y se acercó mucho a Suzanne y ella comenzó a ponerse muy nerviosa y le dijo que estaba cansada, que era tarde y él debería irse. "Jules, es tarde y realmente necesito despertarme temprano mañana".

Después de decir eso, se excusó y corrió al baño para vomitar de nuevo. Cuando regresó estaba pálida y le dijo a Jules que necesitaba acostarse y nuevamente insistió en que se fuera.

Jules decidió quedarse porque ella no se veía bien y le preguntó si quería ir a la sala de emergencias. Ella dijo que estaba bien y que no era necesario.

Jules entonces preguntó: "¿Puedo al menos darte un beso de buenas noches antes de irte a dormir?".

Ella respondió: "Solo si me dejas en paz, y en la mejilla".

Jules colocó entonces su bebida sobre la mesa, sostuvo su rostro entre sus manos y cuando ella cerró los ojos esperando que él la besara, él la besó en la frente y le dijo: "Buenas noches".

Suzanne se levantó de su cama, cerró la puerta de su dormitorio para mantenerlo afuera, y después de cerrar la puerta recostó su espalda contra la puerta y se quedó allí por unos minutos pensando en él. Jules tocó a la puerta y cuando ella la abrió, él la tomó por la cintura, la atrajo hacia él, le dio un beso apasionado, la soltó y le dijo: "Dulces sueños".

Suzanne nuevamente cerró la puerta de su habitación y se quedó allí parada tratando de ignorar la presencia de él y sus propios sentimientos.

Jules comenzó a decirle: "Sé que estás detrás de la puerta".

Suzanne preguntó: "¿Qué es lo que quieres?".

Jules respondió: "Te he prometido mi amor y sé que me amas. No pudiste haber estado conmigo y pasar tanto tiempo conmigo si no me amaras".

Ella dijo: "Jules, no quiero nada de ti, solo necesito tiempo", y se fue a dormir.

Él se quedó en el apartamento de ella esa noche. Era la primera vez en días que estaban juntos y él quería una oportunidad para hablar con ella.

A la mañana siguiente, ella se despertó con el olor a café que le causó náuseas, y corrió al baño vomitando de nuevo. Jules pensó que debió haber comido algo la tarde o noche anterior que la puso muy enferma. Jules escuchó a Suzanne moverse en su habitación y la llamó y le dijo: "¿Has tomado una decisión sobre mudarte conmigo?".

Ella respondió que no le había dado mucho pensamiento, aunque sabía que su hija estaba viviendo temporalmente allí para determinar el tiempo de viaje desde su casa hasta su trabajo y el de Richard.

"Suzanne, debes decidir antes de que el bebé nazca en tres meses; Laura va a necesitar toda la ayuda que pueda obtener y tú eres su madre".

Suzanne había caminado hacia el área del comedor donde Jules estaba haciendo un reguero con la cafetera y dijo: "Jules, no creo que fue una buena decisión para Laura y Richard mudarse contigo. Es demasiado lejos de la ciudad".

Mientras Suzanne hablaba, Jules comenzó a acercarse más y más y le sonrió. "Sabes, es frustrante estar cerca de ti y no poder tomarte de la mano o tocar tu cara o susurrar algo romántico en tu oído".

Tocaron a la puerta y Jules abrió. Era Laura. Suzanne salió con una bata y cuando Laura los vio juntos, Suzanne dijo: "Laura, esto no es lo que piensas".

Jules alzó las cejas, apretó los labios y Laura comenzó a reír. Laura preguntó si él había dormido allí y él respondió: "Sí", y Suzanne gritó desde su habitación y dijo: "Durmió en el sofá".

Laura dijo: "Papá, conociendo a mi madre, dormiste en el sofá", y sonrió.

Jules preparó el desayuno y todos salieron juntos del apartamento. Suzanne fue al consultorio del médico para ver si los resultados del laboratorio habían llegado. Ella había faltado a su cita de tres semanas antes y los síntomas que tenía no se habían ido. Últimamente estaba muy cansada y soñolienta y no podía entender por qué. El doctor le dijo que habían hecho un análisis completo y que ella estaba bien físicamente. Le hizo varias preguntas con respecto a las náuseas que sentía, le preguntó si había aumentado de peso y ella dijo que sí porque había estado en un crucero y comió más de lo usual. Entonces él le preguntó si su ciclo menstrual era regular y cuándo fue que tuvo su último periodo.

Ella lo miró y supo a dónde se dirigía y dijo: "¡Mi hija tiene 25 años!", y él dijo: "De acuerdo con tu expediente médico tienes 49 años y, según los resultados de tu laboratorio, estás embarazada".

Ella dijo: "No puede ser, voy a ser una abuela en tres meses", y él dijo: "Y darás a luz en unos seis meses, dependiendo de la fecha de tu última menstruación".

Suzanne llamó a Mae y le dijo que fuera a recogerla, que tenía una emergencia. Se encontró con Layla y Mae y, llorando incontrolablemente, admitió que no estaba enferma. ¡Estaba embarazada! Mae y Layla se rieron y discutieron sobre ser las madrinas. Suzanne les dijo que pararan, no estaban actuando como sus amigas. Ambas dijeron: "Por supuesto que sí", y continuaron riéndose. Suzanne dijo que estaba más preocupada por la reacción de Laura que la de Jules. Mae recomendó que primero se lo dijera a Jules y que ambos deberían decírselo a Laura.

Laura y Jules estaban pasando mucho tiempo juntos en el negocio, discutiendo diferentes estrategias. Jules estaba tan impresionado con su hija, y veía mucho de sí mismo en ella. Él solo la miraba y asentía, estaba tan orgulloso de ella. Muchas veces estuvieron de acuerdo. A veces no estaban de acuerdo, basado en la experiencia de Jules, pero ella siempre terminaba haciendo lo que ella quería. Jules le daba toda la flexibilidad que necesitaba para que aprendiera por prueba y error.

Una tarde le pidió nuevamente a Laura consejos sobre su madre. El sentía que ella todavía estaba muy enojada y él no sabía por qué; después de todo, él la había invitado a mudarse, le dijo que la amaba y que serían una familia feliz.

Laura lo miró y dijo: "Sabes, papá, para un tipo con tanta experiencia y que se ha casado dos veces, ¿no puedes ver lo que mamá quiere?".

"No entiendo Laura, ¿qué más quiere ella?".

"Ella tiene todo lo que puedes ofrecerle, excepto una cosa".

"¿Qué más puedo darle?".

"Te quiere papá, cásate con ella".

"¿Casarme con Suzanne?, ella no me aceptará. Creo que ya le pregunté. Ella pensará que es por ti y no por ella. Ella tiene una forma extraña de pensar. No voy a proponerle matrimonio ahora".

"Ambos son muy tercos, me sorprende que yo no sea así de obstinada. Tendrás que hacer algo grande y sorprendente para que ella acepte una propuesta de matrimonio en esta etapa de su vida. Necesitas hacer el compromiso, papá".

"Pero pensé que le había propuesto matrimonio".

"¡Papá!".

"Estoy escuchando…"

"¡Tengo el lugar! Habrá un concierto benéfico en el parque central y soy parte del comité que coordina el evento. Cada mesa reservada requiere un donativo. Reservaré una mesa bajo el nombre de mamá e invitaré a mamá y planearemos una propuesta de matrimonio allí".

Suzanne no podía creer lo que el doctor le había dicho. Él le había confirmado su miedo. Se encerró en su apartamento y no quiso salir por dos días. El doctor había programado un sonograma y Suzanne fue con David. Lloró todo el tiempo, especialmente cuando le dijeron que había dos latidos de corazón.

Suzanne no entendió lo que quería decir con dos latidos y la enfermera sonrió y dijo: "Dos latidos son dos bebés".

David estaba con ella y la enfermera le preguntó si él era el padre, y él respondió que era un amigo. David llevó a Suzanne de vuelta a su apartamento y cuando Mae se enteró, llamó a Jules y le dijo que Suzanne había tenido una emergencia y quería hablar con él.

Jules corrió al apartamento de Suzanne y cuando llegó le preguntó si ahora estaba lista para mudarse con él.

Ella dijo: "No, Jules, ¿quién te dijo que vinieras?".

Jules respondió que Mae lo había llamado.

Suzanne se sentó para decirle que había decidido que no se mudaría con él. Que ella estaba muy feliz con la relación que él y Laura habían desarrollado, pero a ella realmente le gustaba vivir sola.

Jules dijo: "Eso no es aceptable, Suzanne. Quiero casarme contigo, quiero que seas mi esposa. Y esto no se trata de Laura. Te amo, Suzanne. Quiero que te cases conmigo".

Suzanne dijo: "Toda mi vida he esperado que me pidieras que me case contigo y nunca quisiste comprometerte. No quiero que te cases conmigo por Laura. Quería que te casaras conmigo porque me amabas. Si me hubieras pedido que me casara contigo en el crucero, lo habría hecho, pero ahora es demasiado tarde".

"No se trata de Laura, se trata de ti y de mí".

"Jules, crié a Laura como madre soltera, excepto por el tiempo que estuve casada. Nunca había estado con nadie con excepción de ti".

Luego dijo: "Jules, tengo que mostrarte algo".

Tomó un sobre de papel manila que estaba en su mesa de cristal y le mostró el sonograma que acababa de tomar. Él miró las imágenes en el sonograma y le preguntó si eran de Laura, y ella dijo: "No".

"¿Quiénes son ellos? Parece que hay dos bebés".

"Sí, sé que hay dos bebés".

Jules la miró y dijo: "¿Es por eso que tienes náuseas y estás vomitando?".

"¡Sí, y me siento enferma!".

"¡Dos bebés!".

"Sí."

Jules se sentó al lado de Suzanne, la abrazó con un brazo y colocó su cabeza sobre su hombro. No dijeron una palabra durante casi una hora.

Finalmente, Jules habló y le dijo que nunca habría pensado que él podría ser el hombre más feliz y afortunado del mundo. Puso su mano sobre el vientre de ella y dijo: "Gracias, Dios, por la mayor bendición".

Permanecieron callados y la llevó a su habitación y la acostó en la cama. Él se acostó a su lado y simplemente se miraron el uno al otro tomados de las manos sin decir ni una palabra. Luego él la besó en la frente y dijo: "Gracias, Suzanne".

Ella se había quedado dormida, y cuando despertó fue al baño y Jules no estaba allí. Caminó hacia la sala y él estaba de pie frente a la ventana mirando hacia la ciudad. Suzanne le preguntó si él estaba bien y él respondió que no podía dormir pensando en lo bendecido que era. Dijo que la semana pasada, cuando llegó, sintió que era el hombre más solitario, sin futuro ni familia, e incluso en medio de toda la publicidad que estaba recibiendo estaba muy solo, y hoy era un hombre con una familia, y fue ella quien le dio toda esta felicidad. Podía haber muerto la semana pasada sin que nadie se preocupara por él, enfrentándose a su soledad, y ahora él estaba vivo y amando cada momento de todas las cosas maravillosas que habían sucedido. Él ahora sabía lo que significaba decir: "Mañana será otro día". Dio las gracias a Suzanne y dijo que siempre estaría con ella y que él sabía en el fondo que ella lo amaba y solo estaba herida por sus acciones y que no podía culparla a ella, y pidió perdón.

Suzanne lo miró, y viendo su sinceridad y humildad, sonrió y dijo: "Lo solucionaremos. Mi única preocupación es decirle a Laura, ella ha sido hija única. Ella se ha vuelto muy apegada a ti y está embarazada y no quiero que por estar yo embarazada se vaya a sentir que ya nosotros dos no la amamos tanto".

Jules dijo que ambos se encontrarían con ella y le darían la noticia, que ahora harían las cosas juntos y tomarían decisiones juntos.

Suzanne estaba dudosa, pero estuvo de acuerdo de que ambos hablaran con Laura. Ella no estaba preparada para la reacción de su hija.

Laura había ido para otro sonograma con su esposo y cuando vio el nombre de su madre en el registro no encontró nada raro. Simplemente pensó que era otra persona con el mismo nombre porque no era su letra. Lo que no sabía es que David había escrito el nombre en el registro por Suzanne.

Esa mañana Jules quería visitar al médico de Suzanne para preguntar sobre el cuidado especial que necesitaba y lo que necesitaban hacer. Estaba tan estusiasmado de que iba a ser padre otra vez. Esta vez sería diferente porque él estaría allí disfrutando de cada paso del crecimiento de sus hijos cuando comenzaran a caminar, a pronunciar sus primeras palabras y celebrando sus cumpleaños. Él pensó en Laura, y nunca había podido imaginarse cuánto uno podía amar a sus hijos, y sentía el mayor amor por su nieto, y ahora iba a tener gemelos. "Nunca supe que tanto amor y emoción podría existir en el corazón de uno".

Él dijo: "Suzanne, voy a dejar todos mis asuntos de negocios. Yo solo quiero cuidar de ti, de Laura, nuestro nieto y nuestros hijos. Yo sé que no quieres casarte ahora y entiendo por qué, pero déjame estar ahí para ti y ayudar a criar a nuestra familia juntos. Vamos a mudarnos a nuestra casa en el campo, a nuestro hogar con nuestra familia".

Suzanne aceptó que ella **podría** mudarse en algún momento, pero no quiso hacer promesas.

Después de reunirse con el médico y que él les dijera que no había por qué preocuparse por el embarazo, Jules llevó a Suzanne a su apartamento y se marchó a reunirse con Laura.

Ese día él y Laura hablaron sobre varios asuntos comerciales pendientes. Él no tuvo el valor para decirle sobre el embarazo de Suzanne. Esa tarde le envió dos docenas de rosas con una nota que decía: "Tú llenas mi corazón con tanto amor. Papá".

Esa tarde, Laura fue a visitar a Suzanne porque ella no había ido a la oficina y para llevarle las fotos de la fiesta de revelación de género. Ambas hablaron de la fiesta y Laura dijo que ella y Richard habían conversado sobre mudarse al campo permanentemente con Jules. Ella y Richard estaban disfrutando la vida en el campo y el tráfico no resultó tan malo como habían anticipado. Ella encontró un lugar perfecto entre dos árboles para colgar una hamaca, y uno de ellos también era perfecto para colgar un columpio para su hijo.

Le dijo a Suzanne que mantendrían su apartamento en la ciudad, pero una vez que diera a luz, se mudarían con Jules.

Suzanne volvió a sentir náuseas y fue al baño. Mientras estaba en el baño, Laura preguntó que cuál había sido el diagnóstico del doctor, y Suzanne no respondió. Laura se sentó en el sofá a esperarla, y entonces vio un sobre grande de manila con el membrete del doctor. Pensó que eran los resultados de los laboratorios de Suzanne, y de inmediato se preguntó si habría algo malo con su madre.

Suzanne regresó y vio a Laura con el sobre en sus manos y abrió sus ojos. Laura estaba mirando el sobre y le preguntó: "¿Qué es esto? ¿Tienes algo que decirme?".

Tocaron a la puerta y Suzanne se acercó para abrir la puerta. Jules entró y vio a Laura sosteniendo el sobre del sonograma y miró a Suzanne y le preguntó si le había dicho a Laura, y Laura dijo: "¿Decirme qué? ¿Hay algo mal? ¿Estás enferma?".

Suzanne respondió que no estaba enferma y, antes de que pudiera decir cualquier otra cosa, Laura sacó el informe y lo leyó, y mirando las imágenes en el sonograma, le preguntó a su madre, "¿Cuándo me lo ibas a decir?".

Suzanne respondió que no sabía cómo decírselo y Laura miró a Jules, y dijo: "¿Papá?".

Suzanne y Jules se quedaron sin palabras, y Jules finalmente dijo:

"Laura, no sabíamos cómo decírtelo. Nos enteramos ayer y no sabíamos cómo reaccionarías. Tú y yo nos encontramos finalmente y hemos estado compartiendo maravillosamente juntos, nos estamos conociendo uno al otro, y construyendo paso a paso una relación, y les he estado dando a ti y a mi nieto mi amor incondicional. No quería que sintieras que me encontraste y me estabas perdiendo".

Suzanne le dijo a Laura, "Tú eres y siempre serás el centro de mi universo. Tenía tanto miedo de decírtelo, por miedo a que te enojaras. Yo sé cuánto sufriste por no tener a tu padre".

Laura dijo: "Mamá, ¿tuviste sexo?".

Suzanne la miró y dijo: "¡Laura!".

"Lo que quiero decir es que nunca has tenido ninguna relación porque te preocupabas por mí y, de repente, está bien. ¿No pensaste que **podías** quedar embarazada?".

"No, simplemente sucedió, nunca esperé esto en esta etapa de mi vida", y se levantó y corrió al baño de nuevo.

"Bueno, ahora realmente somos una gran familia. Espero que los dos estén felices. Cuando pensé que ahora los tendría a ustedes dos, no es así. No estoy siendo egoísta, mi vida está dividida de nuevo y estoy frustrada en este momento. Me voy a mi casa".

Jules suplicó, "Laura no te vayas, no creo que entiendas la profundidad de mi amor por ti. Tú eres mi mundo y nada va a cambiar eso. Eres la hija de mis sueños. Siempre quise una hija y yo nunca te dejaré ir". Se acercó a ella y la abrazó y le dijo: "Te amo".

Suzanne había regresado y también abrazó a su hija y dijo: "Siempre te he amado. Todo lo que he hecho, lo hice por ti".

Jules le dijo a Laura, "Por favor no me quites esto, soy el hombre más feliz porque tengo una hija que es como yo. Yo te quiero, Laura, y nuestros planes no pueden cambiar. Ahora somos una familia más grande. Laura, por favor, dile a tu madre que se case conmigo.

Suzanne respondió: "No, no lo voy a hacer. Me gusta ser una madre soltera e independiente".

Laura se fue y se quedó en su apartamento con Richard. Ella no sabía qué hacer con la noticia. Cuando ella le contó a Richard, él entendió su frustración y le dijo: "Laura, por lo que recuerdo de nuestros años en la universidad, Suzanne trabajó día y noche para lograr el éxito que ustedes dos comparten hoy. Ella siempre fue una mamá de tiempo completo. Aunque se veía a veces cansada, ella siempre estuvo allí para ti. Ahora estamos casados y nosotros estamos teniendo nuestro primer hijo, ¿no crees que ella merece compartir su vida con alguien? Y, después de todo, él no es un extraño, él es tu padre".

Laura lloró y abrazó a su esposo y le dijo: "Gracias, realmente necesitaba eso. Me has hecho darme cuenta de que actué de forma egoísta.

Creo que no estoy acostumbrada a compartir a mamá".

Entonces esperó un rato hasta que sus ojos llorosos se aclararon, y regresó al apartamento de su madre con Richard y se disculpó por su comportamiento. Ambos le dijeron a Suzanne y a Jules que estarían felices de compartir su alegría por su embarazo.

Se abrazaron y continuaron hablando, y cuando la conversación se volvió menos seria, Laura dijo: "Bueno, mamá, no tengo ninguna razón para quejarme por lo sucedido. Después de todo, yo fui quien te dije que tomaras un descanso y que fueras al crucero, y luego le dije a Jules en donde estabas. Él te siguió y aquí estamos. Entonces, continuando con mi trabajo, ¿aceptarías mi invitación a cenar esta noche? Vamos a celebrar en lugar de estar quejándome".

Suzanne respondió: "Laura, me has hecho tan feliz hoy que aceptaré, aun cuando tenga que ir al baño varias veces en el restaurante".

En los días siguientes Jules continuó tratando de convencer a Suzanne de que se mudara a su casa en el campo. Ella seguía diciendo que no, que no iba a dejar su apartamento, y Jules decidió mudarse y quedarse con ella por las noches. Jules continuó durmiendo en el sofá y finalmente Suzanne comenzó a sentirse mejor.

Todos los días, Jules enviaba un ramo de flores a Suzanne y a Laura acompañado de grandes peluches. Él les pidió a Laura y a Richard que se encontraran para ir a seleccionar los colores de los muebles de la habitación del bebé que él ya había comprado. No quería que nadie comprara nada para su nieto. Laura descubrió que su padre era muy cariñoso, justo como ella había imaginado que sería. Suzanne los acompañó para comenzar a buscar muebles para los bebés. Estaban todos muy felices juntos.

Suzanne seguía contemplando la manera en que Laura y Jules se miraban y cómo discutían sobre sus negocios como si hubieran sido socios por largo tiempo. Jules tenía su mano sobre la de ella todo el tiempo. Desarrollaban planes estratégicos de negocios para expandir los negocios en países internacionales y latinoamericanos. Él tenía todos los expertos en su lugar, tal como ella y Laura lo habían conversado.

Por las mañanas, Jules preparaba el desayuno para él y Suzanne, y se iba temprano para finalizar sus proyectos y luego pasar tiempo con Laura. Él pensó que sería una buena idea que Laura cambiara su oficina al edificio de oficinas de él y así no tendrían que pagar renta. Él tenía disponible todo el espacio de oficina que ella necesitara, así como espacio de estacionamiento, y así podrían trabajar más cerca, y él no tendría que viajar entre edificios para las reuniones.

Laura y Suzanne hablaban todos los días y ella le contó acerca de la sugerencia de mudarse. Suzanne no quería responder hasta ver las instalaciones y el tráfico durante las horas pico.

Tres semanas después, el día del concierto, Laura, Richard y Suzanne se presentaron con una pareja de amigos de Laura y Richard. Todavía había un asiento disponible, que Suzanne sabía estaba reservado para Jules, quien ella supuso que estaba tarde.

Había varias bandas famosas tocando esa noche y cuando llegó una de las bandas, anunciaron que estaban dedicando esta canción a Suzanne, de parte de Jules. Suzanne levantó su vista y tenía lágrimas en sus ojos. Ella sabía que Jules era una persona muy especial y que lo amaba por eso. La primera canción fue de Joe Cocker, *Sorry seems to be the hardest word* ("Perdón" parece ser la palabra más difícil), seguida por *You are so beautiful to me* (Eres tan hermosa para mí).

Jules llegó con una flor y le pidió a Suzanne que bailara con él. Ella primero miró a su alrededor y dijo que no, pero todos en la mesa la convencieron de que bailara. Mientras bailaban se miraron a los ojos y sonreían, y sus corazones latían con fuerza. Él la tomó de la mano y la cintura mientras bailaban. Había reporteros por todas partes tomando fotos y tres pantallas gigantes mostrándolos bailando. Este era su momento, el universo se había confabulado para unirlos. Cuando la canción terminó, Bruno Mars comenzó a cantar *Marry me* (Cásate conmigo), y luego *Count on me* (Cuenta conmigo), y Jules se arrodilló frente a ella, sacó un anillo de su bolsillo, puso el anillo en su dedo, abrió los brazos y dijo: "Suzanne, ¿te casarías conmigo?". Ella lo miró, sonrió y dijo: "¡Sí!", y le susurró, "¿Por qué tardaste tanto?".

Suzanne finalmente había decidido perdonar y seguir adelante. Todo lo que ella había soñado se había convertido en su realidad y era más de lo que ella alguna vez había anticipado. La vida era buena, no parecía que hubieran transcurrido tantos años. Ella había depositado toda la tristeza pasada que había experimentado en la botella imaginaria que había creado en su mente cuando no quería pensar en algo negativo. La botella imaginaria la había ayudado a controlar sus pensamientos y emociones, a desprenderse emocionalmente y mudarse a un lugar feliz.

Después de varios días, estaban en el apartamento de Suzanne empacando. Suzanne salió del baño con una bata y Jules estaba mirando la gran ciudad desde la ventana. Comenzaron a caminar el uno hacia el otro, y él comenzó a quitarle la bata lentamente; se estaban besando y abrazándose listos para entregarse totalmente. Él besaba suavemente su cuello y ella le acariciaba el rostro y los hombros, cuando sonó el teléfono.

Suzanne notó que era una llamada de su yerno y dijo: "Será que Laura ya…?", y mientras levantaba el teléfono ambos se miraron, suspiraron y sonrieron. Cuando ella contestó el teléfono, su yerno le dijo: "Estamos en el hospital, porque Laura rompió fuente y ya está de parto".

Se miraron el uno al otro y ambos dijeron: "¡Abuelos!". Comenzaron a reírse, salieron del apartamento y llegaron al hospital donde Laura ya había dado a luz a un hermoso bebé.

Meses después, hoy día, Jules y Suzanne están mirando un álbum de su boda en la playa con amigos y familiares, una foto de Mae atrapando el ramo de novia, fotos de Laura con papá y mamá, Richard y el bebé, y fotos de ellos en una hamaca con su nieto y dos niñas gemelas. Suzanne tiene flores en el cabello y se miran el uno al otro con mucho amor."

"Apenas hemos comenzado".